Unkorrigiertes Leseexemplar

Erscheint im November 2001

dtv 24277 / 160 Seiten
ca. DM 26.–, SFR 24.–, € 13.–

Bitte beachten Sie die Sperrfrist für
Rezensionen bis 15. Oktober 2001

Antje Rávic Strubel

Unter Schnee

Episodenroman

Deutscher Taschenbuch Verlag

Von Antje Rávic Strubel
ist im Deutschen Taschenbuch Verlag erschienen:
Offene Blende (24251)

Originalausgabe
November 2001
© 2001 Deutscher Taschenbuch Verlag GmbH & Co. KG,
München
www.dtv.de
Umschlagkonzept: Balk & Brumshagen
Umschlagfoto: © gettyone Stone
Satz: Fotosatz Reinhard Amann, Aichstetten
Gesetzt aus der Sabon 11/13,75˙ (QuarkXPress)
Druck und Bindung: Kösel, Kempten
Gedruckt auf säurefreiem, chlorfrei gebleichtem Papier
Printed in Germany · ISBN 3-423-24277-9

But the world was lost inside her.
Don DeLillo

Wir sind von allem getrennt.
Und alles Seiende ist unerreichbar.
Emile Cioran

Inhalt

Achte auf nichts meinetwegen

Es macht mich nervös, den Körper in einer Decke zu haben. Man kann nicht vor und zurück darin.

Unter der kratzenden Decke hervor sieht das Ende der Terrasse aus wie ein steil abfallender Berghang. Als könnte man sich in das weit geschwungene Tal stürzen, nur den Wind hören und das scharfe Zischen der Laufsohlen auf den verharschten Stellen, wo man sich weit vorlehnen muß, um das Gewicht zu halten.

Für heute haben sie Schneefall in den Nachrichten gemeldet, starken Schneefall, und die Lifte sind geschlossen. Der Himmel ist grau, undurchlässig, aber nicht von diesem diffusen Grau, das Schnee verspricht. Dann müßte sich auch der Geruch der Luft verändern. Die Luft müßte dichter werden oder graupelig, wie Evy dazu sagt. Wenn man dann noch im Wald unterwegs ist, stehen die Bäume unnatürlich still da.

Den Topf mit dem Glühwein haben wir vorsorglich drinnen gelassen. Unter der Felldecke ist es hier draußen auch so heiß genug.

»Und wenn es nun nicht schneit? Es schneit heute bestimmt nicht. Das versaut uns einen ganzen Tag!«

Evy antwortet nicht. Sie ist bis zum Hals verpackt und sieht aus, als würde sie schlafen. Sie hat so was im Gesicht, das sie dazu macht, so auszusehen. Nur die Augen machen das wieder wett, und manchmal ihre Art zu sprechen.

Aber ihr Glas ist zur Hälfte leer. Also schläft sie nicht. Vielleicht denkt sie auch an die versäumten Abfahrten, die Pisten, von denen wir nur die schwarzen nehmen, die direkt ins Tal schießen, ohne Umwege und mit eingebauten Buckeln. Die Pisten sind lächerlich kurz, selbst die schwarze hat kaum noch Schwierigkeitsgrade, wenn man an Dreitausender gewöhnt ist. Oben muß man sich abstoßen, um überhaupt loszukommen, dann steht man da und wartet, daß was passiert, und bevor es richtig abgeht, ist man schon wieder unten. Evy stört das alles nicht. Sie fährt hierher, seit sie drei ist, und ich wette, sie wird es noch ewig tun.

»Sieht nicht so aus, als ob die heute noch mal aufmachen. Was meinst du? Wir sollten fragen, ob wir das Geld für die Wochenkarte zurückkriegen.«

Evy antwortet nicht, immerhin greift sie zu ihrem Glas. In die Decke gepackt, die ihr bis zum Kinn reicht, wirkt sie wie ihre eigene Großmutter. Als hätte die Zeit sie überholt. Sie schiebt mit dem Handschuh die Decke weg, bevor sie sich auf dem geblümten Liegestuhlstoff aufstützt und das Glas ansetzt. Sie schlürft und läßt sich zurückfallen.

»Geiler Tag! Wie im Sanatorium.«

Evy winkt nur ab. Als würde sie denken, daß Abwinken so gut ist wie eine Antwort. Aber vielleicht denkt sie wirklich so. Das Ende der Terrasse ist ungefähr zwei Meter von meinen Füßen weg, die in der Decke stecken wie im Strampler. Sie glaubt, das Abwinken würde mir reichen.

Ich versuche, mir den Ausblick vorzustellen, den man vom Ende der Terrasse aus hat; eine scharf gezackte Bergwand. Der Wind hat nur an die ungeschützten Stellen Schnee geweht, der jetzt festgefroren ist und die Bergwand noch kantiger macht. Zerklüftet. Und direkt daneben, im Schatten dieser Wand, führt die Piste abwärts. Von oben sieht es aus, als könnten die Ski bei dem Gefälle unmöglich noch Bodenhaftung haben. Aber so sieht es hier nie aus. Alles, was es hier gibt, sind niedliche Häuschen, sanfte Hügel und jede Menge Ostler. Und wenn man Pech hat, machen sie einfach die Lifte dicht.

»Wie spät ist es«, fragt Evy plötzlich. Sie hat die Augen nicht aufgemacht. Aber sie hat tatsächlich etwas gesagt.

»Keine Sonne, kein Schnee. Keine Ahnung.« Der Glühwein ist lauwarm. »Aber gleich hab ich ein Problem.«

Evy brummt etwas in die Decke und schiebt den Arm mit dem Handschuh wieder darunter.

»Willst du nicht hören, was ich für ein Problem habe?«

»Was hast du für ein Problem«, sagt Evy, ohne sich zu rühren.

»Du willst es gar nicht wissen. Wie kannst du nur so gottergeben sein? Kaum sagen sie was in den Nachrichten, schon glaubst du dran.« Die Decke juckt am Gesicht und an den Händen, trotz der Handschuhe, und wenn man sie abwirft, sticht sofort die Eisluft unter die Baumwolljacke.

»Es ist so klar, daß es für Wochen keinen Schnee geben kann! Der reinste Hochglanzhimmel. Wie kann man da so rumliegen!«

»Ich bin Atheistin«, sagt Evy. »Und Gott und die Nachrichten sind zwei getrennte Dinge. An das eine glaubt man, und das andere muß man glauben.«

»Ahso.« Ich stülpe das Glas verkehrtherum auf den eisigen Terrassenboden. Ein Ring bildet sich, in dem der Glühweinrest rot anfriert. In der Ferne sind die Masten des Sessellifts zu sehen.

»Sie fahren nicht! Wenn sie die Entscheidung wenigstens uns überlassen würden. Statt dessen machen sie einfach dicht.«

»Der Wind ist zu stark«, sagt Evy, ohne die Augen aufzumachen. »Die Sessel würden zu sehr schwanken. Die Tatra-Leute sind dafür bekannt, daß sie bei ihren Liften auf Nummer Sicher gehen.«

»Auf Nummer Sicher? Ich würde eher sagen, ihr habt euch immer schon gern ein bißchen maßregeln lassen –«

»*Ihr*«, sagt Evy und richtet sich auf.

Jetzt hab ich sie. Sie haßt es genauso wie ich, sie tut nur nichts. Es kommt mir vor, als hätte sie nie etwas getan, nur immer so gelegen – und ich habe ihr immer dabei zugesehen. Zwei Jahre lang. Immer den Kopf in die rechte Hand gestützt und abgewartet.

Als ich mich umdrehe, ist Evy dabei, sich auszuwickeln. Sie kommt auf Strümpfen über den eisigen Terrassenboden gehüpft.

»Guck dir mal die Äste an«, sagt sie ruhig und ohne weiter auf meine Bemerkung einzugehen. »Wenn sich nur die oberen Astspitzen bewegen, kommt ein Sturm auf, nicht wahr?« Es ist wie immer. Seit zwei Jahren gibt es diese Gespräche, das scharfe Abmessen der Gedanken, bevor sie etwas sagt, und wenn es ihr zu brenzlig wird, kommt nichts mehr, keine Reaktion. Statt dessen nickt sie nur hinüber zu dem einzigen Baum vor unserer Ferienhütte, einer dürren Kiefer, und sagt irgendwas, um mich abzulenken. Es ist ihr peinlich, wenn ich so rede, auch wenn es niemand außer uns beiden hört. Die Vermieterin wohnt in einem winzigen Zimmer im Erdgeschoß, außerdem ist sie Tschechin und stocktaub.

»Nicht wahr.«

»Es ist aber auch kalt.« Evy zieht einen Fuß an und greift nach meinem Arm. Schon an unserem ersten Treffen muß ihr irgendwas peinlich gewesen sein. Ich hatte sie achtlos in einem Schwung geschnitten, und wir waren in hohem Tempo aneinandergeprallt. Es hätte nicht sein müssen, die Piste war an dieser Stelle breit und übersichtlich. Aber statt sich aufzuregen, hatte sie eilig ihre Ski zusammengesucht und dann so was gesagt wie: *Achte auf nichts wegen mir*, oder so ähnlich. In ihrer leicht spöttischen Art.

Evy hatte Abfahrtsläuferin werden wollen und war es nicht geworden. *Wegen der aktuellen politischen Situation*, sagte sie, als wir nach dem Unfall im Schnellrestaurant an der Liftstation saßen und Grog tranken.

Evy will immer etwas sein und ist es dann nicht. Auch dieser erste Satz war nicht spöttisch gemeint.

»Warum gehen wir nicht einfach rüber und machen ein bißchen Streß? Dann machen sie die Lifte schon auf. Die wollen doch schließlich was verdienen, oder?«

Harrachov ist ein Kaff, wenn die Lifte stillstehen. Die Touris drängeln sich in den drei Läden auf der Hauptstraße oder in den frisch renovierten Bars. Die Bars haben silberne Tanzflächen und werden mit blauem Neonlicht bestrahlt wie in den Achtzigern.

Evy hüpft zu ihrem Liegestuhl zurück und ruft über die Schulter: »Ich suche schon mal die Nummer der Bergwacht heraus, du Heldin!«

Sie hat Übung darin, vernünftig zu sein, als hätte sie schon die Muttermilch in kleinen, vorsichtigen Portionen getrunken. Allein wegen ihrer Art, manche Worte so überlegt auszusprechen, würde ich am liebsten losgehen.

Die Masten des Lifts in der Ferne verschwinden im Dunst, dann werden sie wieder deutlicher. Vielleicht wird es tatsächlich noch schneien. Aber wenn, dann so, wie es im Mittelgebirge schneit. Sanft, in großen Flocken und ungefährlich. Die Berge sind kaum höher als tausend Meter. Höchstens die Buckelpiste werden sie danach neu präparieren müssen.

Evy hat sich wieder in die Decke gewickelt.

»Wir sollten uns wenigstens das Geld wiedergeben lassen.«

»Hör mal, wie still es ist«, sagt Evy und hat die Augen schon wieder geschlossen. »Wenn du dich nicht rührst, kannst du spüren, wie der Wind näher kommt.«

Evy erträgt alles mit ihren geschlossenen Augen. Sie wird den ganzen Tag so in ihrem Stuhl ertragen. Meine Fingerspitzen werden taub, das Glühweinglas auf der Terrasse ist angefroren.

»Nadann. Viel Spaß noch. Ich geh rein.«

Im Fernsehen kommt Frankreich, Unruhen in Paris, der Regierungschef ist ratlos. Wenigstens da gibt es noch Bewegung. Der Wetterbericht ist aussichtslos. Schneestürme im gesamten Riesengebirgsraum und weitere Tiefausläufer über Skandinavien.

»Du bist unruhig wie eine Katze, wie eine rollige«, Evy steht plötzlich hinter mir. Sie schiebt mir eine Hand um den Bauch herum und drückt leicht mit dem Knie gegen mein rechtes Bein.

Ich sage darauf, was man sagt, wenn man sich nicht traut, sich zu rühren.

Wenn ich mich umdrehe oder auch nur bewege, wird Evy ihre Hand zurückziehen und aussehen, als hätten wir uns gerade über Politik unterhalten.

»Es gibt Schlimmeres als solche Tage«, sagt Evy.

Als ich mich doch umdrehe, sieht sie wirklich aus, als hätten wir uns über Politik unterhalten, und beginnt, Holzscheite in den Kamin zu schieben. So, von hinten, hat sie die schwerfälligen Rückenbewegungen ihrer Mutter. Dabei ist Evy schmal wie ihr Gesicht, wenn es schläft. Ich habe nächtelang in dieses Gesicht gesehen, beschienen vom matten Licht, das der Schnee wiedergibt. Wie es atmet unter der Haut, die Lippen geschlossen, und man sieht das Atmen nur, wenn man lange, und ohne sich selbst zu bewegen, hineinsieht. Dann spielt das Licht auf den Wangen und auf der Stirn, und es sieht aus, als hätte es ein Leben darunter. Evys Stirn ist hoch und im Schlaf ganz glatt. Und wenn tatsächlich etwas darunter ist, von dem selbst Evy nichts weiß, muß es unendlich weit weg sein. Wie Paris. –

»Oder willst du dich den ganzen Tag so verrückt machen?«

»Der Tag macht *mich* verrückt. Nicht umgekehrt.«

»Wir machen heute eben einen Ruhetag. Sieh das doch mal so. Vielleicht ist ein Ruhetag zwischendurch gar nicht so schlecht.«

Ich schalte hartnäckig am Fernsehgerät. *Iwantitnow-Iwantyou,'causeI'mMr.Vain.* Der Dow-Jones-Index ist um einige Punkte gefallen, und die Krise in der asiatischen Welt hat geradezu orgiastische Ausmaße –. Kinderlose Ehepaare können zukünftig auch ohne –. Wieder Frankreich.

Im Sommer, nachdem wir uns kennengelernt hatten, fuhren wir nach Paris, in ein rümpliges Hotel, in dem es kein Frühstück gab, und der Kaffee war viel zu teuer. Aber gemeinsam mit Evy ließ sich sogar der Eiffelturm aushalten.

»Mein Gott!« macht Evy.

»Denk, du bist Atheistin.«

»Was?«

»Ich denke«, und das ganz deutlich, »ich denke, du bist Atheistin.«

Evy schließt die Eisenklappe des Kamins und zuckt die Schultern: »Ist noch Glühwein da?«

Auf dem Eiffelturm fing Evy an zu weinen. Richtig laut zu schluchzen unter all den Menschen da oben. Der Wind war ziemlich stark und eiskalt wie auf der Piste, und Evy wischte ihr Gesicht an meinem Jackenärmel ab. Nur einmal, ganz kurz, und dann zog sie es wieder weg und sagte: *Schon gut. Alles halb so wild.*

Evy nimmt ein neues Glas aus dem Schrank und schüttet mit der Kelle Glühwein aus dem Topf nach.

Es ist drei Uhr nachmittags, und wir können nichts machen. Den ganzen Tag nicht. Sogar die Zugänge zur Bergstation hat die Bergwacht abgesperrt und Warnschilder aufgestellt. Ich schalte den Fernseher aus, meine Finger brennen, und Evy füllt immer noch Glühwein in ihr Glas. Bei der Größe der Kelle könnte sie viel schneller sein. Das macht sie, damit sie sich nicht fragen muß, was als nächstes kommt. Wenn das Glas wieder leer ist. Darin ist sie eine Künstlerin.

Der Tag oben auf dem Eiffelturm war ganz strahlender Himmel, und unten waren die Brücken zu sehen. Und Evys Gesicht war feucht, erst an der Wange, dann an den Lippen –

Wahrscheinlich zehrt Evy noch ewig von diesem Kuß und von dem später, in unserem rümpligen Hotel, als sie unnötigerweise klopfte: *Stör ich?*

Es wäre mir immer recht gewesen. Auch wie Evy mich auf dem Bett zwischen die Knie nahm, war mir recht. Sie hatte nur ihr dünnes Top an, und als sie sich über mich beugte, fielen die Träger nach vorn. Es war Sommer, mit diesem farbigen Wind, der durchs offene Fenster kam. Man konnte mit dem Finger Farbspuren in die nackte Haut ziehen. Ich hatte das schon öfter gemacht, aber bei Evys weißen Armen war es irgendwie besonders. Ich zog Evy die Träger herunter, bis auf die Handflächen und hebelte dann die Hände aus. Evy verlor das Gleichgewicht und fiel vornüber auf mich drauf. Ich hielt ihren Kopf fest wie ein Kissen, damit die Lippen nicht wegrutschten, bis Evy sich befreite und aufrichtete und auf die Straße ging, um den Händlern zuzusehen. Sie konnte das stundenlang. *Du brauchst nicht mitzukommen. Ich komm schon zurecht.*

Und ich lag da auf dem Bett und wußte, so wird es nie wieder sein. Und es ist nie wieder so gewesen. Wie Paris. Mit seinem gekünstelten Ernst, den ich ohne Evy nie entdeckt hätte. Ohne Evy hätte alles, was ich tat, keine Rolle gespielt, weil man selbst und andere es tausendmal vorher schon getan hatten. Aber mit ihr konnte ich mich plötzlich auf die einzelnen Handgriffe konzentrieren, als wäre es nötig, sie wieder zu lernen. Evy durch die kurzen blonden Haare fahren, auf einem Trottoir an der Rive Gauche Cidre aus dickbauchigen Flaschen trinken, Evy reden hören, die erzählen kann, als gäbe es keine Websites, Nachrichtensender, CD-Roms, keine Chatlines, und die Sonne im Flaschenhals versinken sehen. Das alles war anders. Und wie Evy zwischendurch auflachte und sagte, wo sie hingekommen wäre mit mir; auf ein Trottoir an der Seine! *Das hätte mir vor drei Jahren mal jemand erzählen sollen!*

Von damals weiß ich nicht viel, das ist Evys Geheimnis, und sie hütet es wie dieses Glühweinglas in ihren Händen.

Wahrscheinlich wird sie mich nur dann ernst nehmen, wenn ich jetzt in den Schnee hinausgehe und direkt hinüber auf die schwarze Piste.

»Es gibt Menschen, die monatelang eingesperrt waren«, sagt Evy zwischen ihren Schlucken. Sie hält das Glas mit beiden Händen und winkelt die Ellbogen an dabei. »Nur weil sie sich darüber aufgeregt haben, daß die Lifte nicht fahren oder sie jemand Offizielles dafür verantwortlich gemacht haben. Stell dir einfach vor, du bist so ein Mensch. Es geht dir gleich besser.«

»Wenn du hier die Märtyrerin spielen willst, bitteschön. Ich bin dafür, herauszufinden, was man dagegen tun kann und es dann zu tun.«

Evy trinkt wieder einen Schluck, so langsam, daß ich sie am liebsten anschieben würde. Dann stellt sie das Glas auf die Spüle.

»Wir sollten die Sachen reinholen, Vera. Es wird immer dunkler. Es fängt bestimmt bald an.« Sie bückt sich nach ihren Handschuhen.

»Wieso?« Ich schiebe die Tür zur Terrasse auf, und die Februarluft strömt in den überheizten Raum. »Sieht doch toll aus draußen!«

Die Berge sind verschwunden. Ganz hinten sind noch Umrisse zu sehen, aber das können genausogut die Wolken sein. Sie haben den Lift und die schwarze Piste geschluckt und ziehen in Richtung Übungshang, von dem nur noch der Auslauf zu sehen ist. Wenn man jetzt unterwegs ist, irgendwo da oben, sieht man die Bodenwellen nicht mehr. Der Schnee wird verräterisch, er färbt sich grau ein, und die Schatten verschwinden. Die Grenze zwischen Schnee und Luft wird unsichtbar, und man fährt ins Nichts. Nur die Ski sind noch zu hören, die heller klingen über den vereisten Stellen.

Jedenfalls wäre das im Hochgebirge so.

Das Glas auf dem Terrassenboden ist von einem Eisrand umgeben. Ich hauche es an, und es beschlägt unter meinen Fingern. Mit einem Ruck löst sich der Boden. Es knackt.

»Scheiße.«

In Paris hat Evy sich von den Händlern Auberginen und Papayas zeigen lassen und einen riesigen Beutel voll gekauft, an dem wir noch drei Tage später gegessen haben.

»Kommst du jetzt rein, Vera, oder bleibst du draußen. Ich würde gern die Tür zumachen.« Evy hält ihren Liegestuhl zusammengeklappt vor dem Bauch.

»Es ist zu warm drin. Laß die Tür doch auf.«

»Mir ist es nicht zu warm. Also?«

»Dann mußt du dir halt was anziehen.«

»Kommst du jetzt rein?«

»Warum ziehst du dir nichts an! Du hättest heute sowieso die Abfahrtshosen anziehen müssen und die Selastikdinger drunter bei dem Wetter. Warum ziehst du sie dann jetzt nicht an. Hockst da drin und trinkst wie bescheuert Glühwein und rührst dich nicht. Wie immer! Und alles nur, weil du denkst, besser nicht rühren, es geht schon vorüber? So denkst du doch, oder? Oder denkst du: nicht rühren, sonst wird es nur schlimmer? Das ist echt nicht zum Aushalten!«

»Das sind so Hosen«, sagt Evy, die die ganze Zeit kein Wort gesagt hat, und auch die Arme hat sie noch über dem Liegestuhl verschränkt, »das sind Hosen, wo man schon einen Orgasmus kriegt, wenn man sie nur anzieht, weißt du. Knalleng. Wie nichts an.«

Jetzt passiert es. Wie beim Unfall damals, als ich ihren

Schwung geschnitten habe und meine Stöcke vor ihre Ski-spitzen geraten sind. Nur mit dem Unterschied, daß wir uns damals noch gar nicht gekannt haben.

»Ist ja gut. Ich wollte nur sagen –. Du kannst die Tür ja vielleicht einen Spalt offen lassen?«

»Im Schritt. Vor allem im Schritt«, schreit Evy.

»Hör auf damit, ja?«

»Und wenn du dann aus Versehen im Wald auf so einen Schneehügel kommst und dich fallen läßt ... UUUH! Das ist dann der zweite Orgasmus. Nur ein bißchen kälter als der davor.« Evys Stirn wird von den Schläfen her rot.

»Hör auf.«

»Aber das macht nichts. Weil du ja dann sowieso naß bist, wenn es richtig gut klappt.«

»Evy!«

Es ist angenehm, wie der Schnee niedergeht. In grauen Fetzen kommt er vom Himmel. Und es hat endlich ange-fangen, noch während Evy aussieht wie in Paris.

Auch das macht ihr Gesicht; daß Glück und Schmerz bei ihr genau gleich aussehen. Sie steht mit ihrem Liege-stuhl vor der Terrassentür, dort, wo der Schnee nicht hin-reicht. Einen schmalen Streifen an der Hüttenwand schützt das Vordach vor dem Wetter.

Als ich auf sie zugehen will, um ihr den Stuhl abzuneh-men oder den Arm um die Schultern zu legen, nur um irgendwas zu machen, dreht Evy sich weg. Sie geht hinein und läßt die Tür hinter sich offen.

»Ich war fürchterlich. Ich weiß. Entschuldige.«

In Paris können sie wenigstens streiken.

Auf der Terrasse ragt das abgebrochene Glühweinglas

wie ein Rohr aus dem Boden. Der Glaskörper ist unversehrt, er hat nicht mal einen Sprung abgekriegt. Ich schieße den herausgebrochenen Glasboden weg. Er schlittert weit über die Terrasse hinaus und verschwindet im Schnee. Da war nie ein Abhang. Der Abhang ist auf der anderen Seite der Terrasse, dort, wo die Hütte steht, in der ich nicht weiß, wo ich hin soll. Zwischen unseren beiden Zimmern fehlt die Tür.

Evy ist im hinteren und angelt die Skisachen von der Leine, die längst getrocknet sind. Ich gehe schnell vorbei und hinunter in die Küche. In wilden Böen jagt der Schnee vor dem Fenster entlang, und der Wind macht Geräusche auf dem Dach.

Wir reden nichts mehr. Wir räumen auf. Die üblichen Handgriffe, während es tatsächlich irgendwann dunkel wird draußen und die Lampe vor der Hütte anspringt.

Wir müssen Holz nachlegen, später Teewasser aufsetzen, die Salami auf einem Brettchen schneiden. Ich mag keine Salami, aber das Verhältnis zu solchen Dingen kann sich in bestimmten Momenten erstaunlich schnell ändern. Mit dem Essen sind wir viel zu früh fertig. Evy geht nach nebenan, und ich höre, wie sie die Zeitung umblättert. Es muß eine von gestern sein, aber das macht jetzt keinen Unterschied.

Auf das Fensterbrett in der Küche hat es Schnee geweht, die Treppenstufe im Garten ist dünn beschneit. Ein Stück weiter die Zufahrtsstraße hinunter taucht ein Blinklicht auf, fährt orangefarben durch den Sturm und verschwindet wieder. Es läßt Gefahren halluzinieren, die es überhaupt nicht gibt. Aber wahrscheinlich sind sie das von früher gewohnt, und jetzt können sie nicht damit aufhören. Oder es fällt ihnen, seit es keine Gefahr mehr gibt, nichts anderes ein. Auch Evy fällt nichts anderes ein. Sie ist beleidigt, während draußen die Bergwacht kreist und so tut, als würde sie nirgends mehr durchkommen. Und morgen wird es weiterschneien, und wenn wir Glück haben, werden am Tag darauf wenigstens die leichten Pisten wieder freigegeben.

Paris ist schon zu lange her.

Das Bett neben Evy ist warm. Sie liegt nur eine Handbreit entfernt auf dem Rücken, und bevor sie sich umdreht, streicht sie mir mit den Fingern über den Hals und die Lippen. Sie sieht mich an. Ihre Augen sind stärker als ihre Finger. Sie sieht mich an, als könnte ich in ihrem Augenblau etwas widergespiegelt sehen, wodurch ich mich ihr zu erkennen geben könnte.

Ihre Augen sind die Hilfestellung für uns beide.

Aber der Moment ist zu kurz, oder sie dreht sich absichtlich zu früh weg, weil sie nicht länger so gucken kann. Und dann höre ich nur noch ihren Atem gegen die Wand.

»Weißt du, was ich manchmal denke«, sage ich am Morgen. »Daß es an diesem Tag liegt. In Paris. Daß ich was falsch gemacht habe, obwohl ich es damals nicht anders konnte. Und wenn wir die Szene wiederholen würden, würde ich es wahrscheinlich wieder falsch machen.«

»Wir sind kein Theater«, sagt Evy leise. »Wir wiederholen die Szenen nicht.«

Zu dicht sind wir nebeneinander. Evys Augenbrauen stoßen fast an meine, so daß nur die Augen zu sehen sind, ganz groß, nicht das Ganze.

Ich stehe auf. »Ich wollte dir das nur sagen.«

Evy antwortet nicht, und ich nehme meine Sachen vom Stuhl, um mich im Bad anzuziehen. Eine Gewohnheit, die ich erst mit Evy entwickelt habe. Die Spannung im Rücken, selbst wenn ich mich abwende von ihr. Als würde ich nicht mich, sondern Evy dadurch entblößen.

Die Dusche ist eiskalt. Aber das ändert nichts. Nur die Hand an meinen Schenkeln ist für einen Moment nicht mehr zu spüren. Evys Hand, mit der sie mich aus Versehen im Schlaf gestreift hatte. Einmal bis gefährlich weit hinauf.

Immer noch tobt der Schnee. Vor dem Fenster in der Küche hat sich ein Wall gebildet, den die Schneefräsen aufgeworfen haben. Die Fräsen halten den Forstweg frei, und seit dem frühen Morgen sind in regelmäßigen Abständen ihre Motoren zu hören.

Es ist unmöglich, einzuschätzen, wie spät es ist. Das Licht von draußen kommt nur durch die obere Hälfte des Küchenfensters herein.

Ich zünde die Kerze auf dem Tisch an. Es könnte genausogut schon wieder Abend sein. Ich esse langsam und im Stehen einen Joghurt und achte währenddessen auf jedes Geräusch. Das Klappern der Eisenkette am Schuppen neben dem Haus. Ein Radio aus dem Zimmer von Frau Beranu. Das mit der Beschleunigung heller werdende Schaben, mit dem ein Schneeklumpen vom Dach fällt.

Ich liebe Evys Gelassenheit. Obwohl ich sie längst durchschaut habe. Aber nur manchmal kann ich aufhören, mir was vorzumachen dabei.

»Ich kann ja mal Brötchen holen gehen.« Ich weiß nicht, ob sie mich hört. Es kommt keine Antwort.

Im Hausflur ist es still bis auf das Radio. Die Treppe ist ausgetreten, manche Stufen geben nach, als wären sie hohl. Die Haustür läßt sich noch schwerer als sonst öffnen. Die Haufen der Schneefräsen drücken von außen dagegen. An Frau Beranus Stelle hätte ich mich längst darüber beschwert, daß sie einem das Zeug direkt vor die Tür werfen.

Der Schnee macht sekundenlang blind. Es ist windig, und von den Liftmasten sind nur die gelben Warnschilder zu sehen.

Der Forstweg führt direkt an der Piste entlang bis hinunter ans Ende der Zufahrtsstraße. Dann geht es am Bäcker vorbei und über die Talstation wieder hinauf zum Übungshang, und dort bleibe ich kurz stehen, um zu überlegen, welchen Weg ich zurück nehmen soll.

Alle fahren über mein Dach

Für Aki Kaurismäki

Frau Beran nennen alle immer Frau Beranu, weil sie den Dativ im Tschechischen nicht kennen. Sie denken, wenn die Pension *U Beranu* heißt, dann muß die Frau auch so heißen. Frau Beran hat sich daran gewöhnt. Nur zuweilen überlegt sie, ob sie nicht wirklich Beranu heißt. Wenn alle das so sagen.

Jeden Morgen stemmt sie sich gegen ihre Haustür. Seit ihr Mann gestorben ist, klemmt die Tür. Ihr Mann ist vor achtundzwanzig Jahren gestorben. Damals gab es die Piste noch nicht. Jetzt geht die Piste direkt an ihrem Haus vorbei.

Ihr Mann ist gestorben, weil der Grenzsicherungsdienst keinen Hubschrauber für die Rettung ihres Mannes übrig gehabt hat. Der Grenzsicherungsdienst hat viele Hubschrauber. Aber in der Nacht, als ihr Mann gestorben ist, hatte er keinen übrig. Dabei waren die Hubschrauber überall am Himmel zu hören. Gerade in dem Moment, als ihr Mann in seinem Sessel vor dem Kamin zusammengerutscht ist, sind die Hubschrauber über das Haus hinweg-

geflogen. Sein linker Mundwinkel war schief hängen-
geblieben.

Allein hat sie ihren Mann nicht den Berg hinunterbrin-
gen können. Die Piste hat es damals noch nicht gegeben.
Sie hat ihren Mann nicht allein durch den tiefen Schnee
tragen können, und die Hubschrauber sind eine wichtige
Übung geflogen. Sie haben ihren Mann nicht abholen können, und den Skibob hat sie damals noch nicht gehabt.

Sie schlägt mit der Handfläche oben gegen die Tür. Dabei überlegt sie, ob sie damals überhaupt etwas gehabt haben. Außer ihrer Liebe. Aber ihre Liebe hat keine Kinder
gebracht. Und nach dreißig Jahren ist sie vorbei gewesen,
weil auf einmal das Herz ihres Mannes einfach versagt hat.
Er hat in seinem Sessel gesessen, als ihm das passiert ist.

Der Sessel steht noch, aber sie setzt sich nie hinein. Er
steht jetzt dort, wo die Gäste wohnen. Den Sessel haben
sie damals schon gehabt und den Schuppen neben dem
Haus und den selbstgebauten Schlitten auch. Und den
Nachnamen von ihrem Mann hat sie schon lange gehabt.

Die Tür gibt nicht nach. Vielleicht ist sie noch abgeschlossen. Frau Beran schließt nie ab. Das hat sie früher
nicht gebraucht, und dann hat sie es einige Jahre lang nicht
gedurft, und sie sieht gar nicht ein, warum sie das heute
wieder machen soll. Vielleicht hat einer von ihren Gästen
die Tür gestern nacht abgeschlossen. Vielleicht haben die
beiden jungen Mädchen die Tür abgeschlossen. Junge
Mädchen bekommen zuweilen schnell Angst. Sie lächelt.

Beim Lächeln fallen ihr jetzt immer die Augen zu. Sie
zieht den Hausschlüssel aus der Tasche ihrer Wolljacke.
Aber damit sie den richtigen Schlüssel in ihrer Hand fin-

den kann, muß sie erst aufhören zu lächeln. Sie wartet, bis die Augen sich von selbst wieder öffnen. Dann sieht sie den Schlüsselbund an. Es sind drei Schlüssel. Einer ist für den Schuppen, einer ist für die Terrassentür und einer für die Tür, die so schwer aufgeht.

Vielleicht haben die jungen Mädchen die Tür abgeschlossen, weil sie Angst haben vor den Geräuschen auf ihrem Dach. Sie reden schon nicht mehr miteinander. Das letztemal haben sie vor zwei Tagen miteinander geredet. Sie reden nicht mehr miteinander, weil sie denken, die Geräusche auf dem Dach macht jemand, weil sie miteinander reden.

Vielleicht denken sie, Frau Beran macht die Geräusche. Dabei stimmt das gar nicht. Es stört sie nicht, wenn jemand redet. Wenn sie in den Schuppen geht und die Kohlen oder die Kartoffeln holt, hört sie gern jemanden reden. Wie sie früher ihren Mann reden gehört hat. Manchmal hat er seine Stimme gesenkt dabei. Das war, als sie in dem kleinsten Zimmer gelebt haben und die Wände in diesem Zimmer so dünn gewesen sind. Zuerst haben sie das Erdgeschoß gehabt. Aber dann hat es den Reichsgau gegeben, und sie und ihr Mann haben das kleinste Zimmer neben der Haustür bezogen, das vorher gar kein Zimmer, sondern eine Speisekammer gewesen ist. Später haben sie dann über Nacht das ganze Haus für sich allein und auch noch einen Sessel dazu gehabt.

Frau Beran schiebt den Schlüssel ins Türschloß und hält sich mit einer Hand an der Türklinke fest.

Eins der Mädchen sitzt abends immer in dem Sessel von ihrem Mann. Vielleicht sitzt sie heute abend wieder dort.

Dann wird sie ihr sagen, daß die Geräusche auf dem Dach nicht ihre Schuld sind. Sie wird ihr sagen, daß die Geräusche auch da sind, wenn niemand redet.

Frau Beran dreht den Schlüssel nach rechts, aber der Schlüssel bewegt sich nicht. Er bewegt sich nur nach links. Er muß sich nach links bewegen, sonst wäre die Tür gar nicht abgeschlossen. Sie hat die Tür noch nie abgeschlossen. Auch nicht, als ihr Mann gestorben ist. Sie ist wieder in das kleine Zimmer gezogen, das früher eine Speisekammer gewesen ist. Sie dreht den Schlüssel nach links. Nur ihre Gäste, die sie hat, seit das Haus ohne ihren Mann so leer gewesen ist, schließen hier ab.

Sie drückt die Klinke herunter und stemmt sich gegen die Tür.

Aber die Tür gibt nicht nach. Hinter der Tür hört sie Rufe und Lachen. Das kommt von der Piste, die nah an ihrem Haus vorbeigeht. Wenn sie die Tür öffnet, steht sie vor den großen Schneeklumpen, die die Pistenfahrzeuge aufgeworfen haben. Aber die Tür öffnet sich nicht.

Sie bleibt gegen die Tür gelehnt stehen und holt Atem. Zwischen Einatmen und Ausatmen lauscht sie nach draußen. Die Stimmen reden deutsch. Sie versteht oft, was die Stimmen sagen. Sie kann ein bißchen Deutsch. Sie hat früher deutsch gesprochen. Es hat ihr geholfen. Die Deutschen, die zuerst nur die erste Etage hatten, hatten dann das ganze Haus. Von ihnen haben sie den Sessel gehabt. Seither ist es nicht mehr vorgekommen, daß einer den Wald und den Ort und die Glasbläserei *Harrachsdorf* geheißen hat. Wenn sie später die Betten der Gäste in der ersten Etage gemacht hat, hat sie daran gedacht. Sie hat die junge Frau kurz nach dem Wochenbett im Sessel sitzen sehen, in dem dann ihr Mann gesessen hat, bevor jetzt eins der Mädchen darin sitzt.

Die Stimmen sind dicht hinter der Tür. Seit es die Piste gibt, sind sie den ganzen Winter über da. Sie sagen etwas über ihr Haus. Sie sagen, ihr Haus ist irgend etwas. Sie kann nicht alles verstehen.

Sie nickt, als die Stimmen sich wieder entfernen und sie das Klimpern ihres Schlüssels hört.

Sie setzt ein Bein vor, und der Schlüssel klimpert lauter. Wenn sie das Bein zurücksetzt, klimpert er auch. Sie macht es noch einmal. Es klimpert wieder. Sie schrickt zusammen, weil sie kichert. Dann kichert sie, weil sie über ihr Kichern erschrocken ist. Bis ihr einfällt, daß die Tür immer noch nicht aufgeht.

Sie drückt, so kräftig sie kann.

Die Tür springt auf. Es riecht nach frischem Schnee.

Frau Beran steht an der Türschwelle. Sie sucht die rechte Seite ihrer Wolljacke nach der Tasche ab und legt den Schlüssel wieder an seinen Platz. Mit einer Hand schützt sie die Augen. Sie steht auf dem oberen Treppenabsatz. Sie muß die Augen schützen, sonst sieht sie die Piste nicht, weil der Schnee so blendet. Die Piste hat es damals noch nicht gegeben. Damals hat es nur den Wald vor ihrer Tür gegeben.

Sie steht da und sieht auf die Piste, und sie hört das Geräusch, das die Ski auf ihrem Dach machen.

Ihre Arme hängen zu beiden Seiten an der Jacke herab. Die Jacke ist braun. Frau Beran trägt keine Handschuhe. Sie hat noch nie Handschuhe getragen. Auch nicht, wenn sie morgens die großen Schneeklumpen vor ihrer Tür wegschiebt. Sie schiebt die Klumpen immer an die Seite des Hauses, die zum Hang zeigt. Dort berührt das Dach an seinem Ende den Berg. Im Winter ist die untere Hälfte des Daches nicht zu sehen. Je mehr Klumpen sie auf die Seite schiebt, desto tiefer versinkt das Dach. Es ragt nur noch mit dem Giebel aus dem Schnee. Die Mädchen können nichts für die Geräusche. Das wird sie ihnen heute sagen. Sie wird ihnen sagen, daß es nicht ihre Schuld ist.

Jedes Jahr bauen die Skifahrer auf dieser Seite eine Kurve auf ihrem Dach. Sie können dann zwischen dem dürren Baum rechts an der Regenrinne und dem Schornstein hindurchfahren. Sie benutzen das Dach zum Bremsen. Auf halber Höhe wechseln sie die Richtung und holen neuen Schwung.

Frau Beran steht da und sieht manchmal den Wald von früher, und manchmal sieht sie die Skifahrer.

Immer fahren alle über mein Dach, denkt sie.

Zwischen jedem Wort macht sie eine Pause.

Bäumchen wechsle dich

Aus Evys Erinnerung

»Bin schneller als du! Wetten?«

»Aber Evy, hier ist überall Eis.« Sebastian war Vorsichtsexperte. Er beschäftigte sich hauptsächlich damit, Gefahren zu umgehen.

»Wer verliert, muß die Küche wischen!«

»Ich bring mich doch wegen der Küche nicht um!«

Sebastian hatte sich und den Rest der Kompanie mit Goldbrand abgefüllt, als es 1989 gegen die Demonstranten und Mauerstürmer gehen sollte, und als der Einsatzbefehl kam, hatten die Fahrer einsatzunfähig in ihren Kojen gelegen.

Das war das deutlichste Beispiel, das man haben konnte.

»Ach komm, Mütze, sei kein Spielverderber!«

Ohne zu antworten ging Sebastian in die Hocke, winkelte die Arme an und zischte über das flache Anfangsstück davon. Er war schwerer als sie, das brachte ihm Vorteile beim Schußfahren. Aber sie holte Schwung und stieß sich ab, wie Katja Seizinger am Start, hopp hopp hopp, sagte ihr Kopf, und wenn die Piste steil wurde, dann würde ihm seine Größe im Weg sein. Seine rotgestreifte Mütze leuchtete nur wenige Meter vor ihr. Sebastian war Mitte Dreißig. Aber unter der Mütze war er fünfzehn und hatte seinen Spitznamen weg.

Er hatte sich damals keine Befehlsverweigerung zugetraut. Er wollte keine Revolution, er hatte nur geschickt eine Ungeschicklichkeit eingefädelt, die die Gefahr umging, indem sie den Mechanismus außer Kraft setzte. Die Panzerfahrer besoffen in den Kojen. Das war Mütze.

Er verschwand hinter der ersten Kurve. Aber seiner schmalgesichtigen Heldenhaftigkeit gingen öfter die Ski durch, und dann landete er im dicken Schnee am Rand der Piste. Die Ski lösten sich, und an den schweren Schuhen versanken seine Beine bis zum Knie. Manchmal riß es ihm Mütze und Handschuhe weg, die dann zehn Meter oberhalb von ihm liegenblieben, und da er nicht wieder hochsteigen wollte, setzte er sich in den Schnee und wartete, bis sie jemand im Vorbeifahren auffischte und ihm zuwarf. Auch das war Mütze. Immer gab es mit ihm dieses zwiespältige Gefühl. Vor drei Jahren war Evy ihm im Labor der Fachhochschule begegnet, wo er in voller Montur, mit Brille und Mundschutz, eine harmlose Säure untersucht hatte, und seither betrachtete sie ihn mit einer Mischung aus Bewunderung und Langeweile.

Die erste Kurve nahm sie ohne Schwierigkeiten. Sie beherrschte die Technik besser als er, das war ihr Vorteil. Sie konnte mit Tempo fahren und trotzdem die Kurve an ihrer engsten Stelle nehmen, ohne auszuscheren. Ein Buckel unter ihrem rechten Ski brachte sie in einen langen Schwung, mit dem sie die Kurve schnitt und bis weit hinüberfuhr, den Hang wieder ein Stück aufwärts, und dann änderte sie die Richtung.

Daß sie 89 kein Mann gewesen war, blieb für immer die große Ungerechtigkeit des Schicksals. Also mußte Sebastian nächtelang die gleichen Geschichten erzählen, die sie dann im Kopf für sich verändert hatte.

Sie fuhr jetzt knapp hinter ihm, ließ ihn in kleinen Wedeln das Tempo vorgeben, nur seine Beine standen ein bißchen zu weit auseinander. Der Wind kam von der Seite. Sie zog den Kragen höher und beugte sich vor, um dem Wind wenig Angriffsfläche zu bieten.

Sie wollte auf keinen Fall die Küche wischen. Ihre Küche war nicht groß, eine typische Neubauküche in einem der Wohnblöcke am Stadtrand von Senftenberg. Aber der Fußbodenbelag war aus gelbem Linoleum. Sebastian hatte einen Plan an die Tür gehängt, um sicherzustellen, daß die Küche regelmäßig gewischt wurde, aber nachdem sie zwei Jahre dort wohnten, fingen sie beide an, den Plan zu übersehen. Sie hatten die Küche zum letzten Mal vor drei Wochen gewischt.

Sie war kaum noch eine Skilänge von ihm entfernt. Kurz vor dem Reibeisen scherte er aus, sah, daß sie ihm dichtauf folgte, und nahm wieder ein Stück in vollem Schuß. Seine Jacke blähte sich, und sie trieben schräg hintereinander in die nächste Kurve auf das Reibeisen zu. Das Reibeisen war neu. Eine riesige Fläche aus spiegelglattem Eis zog sich fünfhundert Meter hangabwärts, auf die erst Kunstschnee aus den Schneemaschinen geworfen, aber in kurzer Zeit wieder abgefahren worden war. Sebastian steuerte die linke Seite der Eisfläche an. Er würde langsamer sein. Links fuhren alle, und außerdem bremste dort der Schnee.

Er hatte keine Chance. Sie blieb rechts.

Sobald sie das Eis erreicht hatte, zischten die Laufsohlen ohne jeden Widerstand ab. Damit hatte sie gerechnet. Sie ließ die Ski einfach gehen. Mit dem Körper nahm sie die Geschwindigkeit auf, ließ sie steigen und spürte das Summen der Ski in den Fußsohlen. Menschengestalten und Rucksäcke verwischten im Augenwinkel, die Bäume liefen zu einem Baum zusammen, zu einer einzigen breitgezogenen Nadelwand, vor der sie sich wie einen Keil in den Wind rannte. Hopp hopp hopp, sagte ihr Kopf, wie Katja Seizinger am Start, den Oberkörper angestrengt vorgebeugt.

Hinter ihr blieb die Neubauwohnung zurück, der Linoleumboden und Sebastians raunende Weltvorsicht, sie ging in die Knie, um schneller zu werden, noch schneller. Ein einziger Schnitt den Berg hinunter, bis es nichts mehr mit Sebastian zu tun hatte, nur noch mit ihr und dem Eis und dem Gefühl, den Wind zu durchbrechen.

Die Geschwindigkeit stieg in die Knie hoch, ihre Muskeln schmerzten vor Anstrengung. Es gab keine Vorsicht mehr, nur noch Konzentration und ihre Entscheidung, die sie durchhalten mußte, bis sie unten war, ungeachtet der Geschwindigkeit. Bremsschwünge konnte sie sich jetzt nicht mehr leisten, weil die Kanten auf dem Eis nicht griffen. Ruhig, dachte sie, und Beine zusammen. Noch zwanzig Meter, dann kam der Wald, und das Eis hörte auf. Noch zehn. Als ihre Laufsohlen wieder über Schnee gingen, bremste der Schnee sie ruckartig ab, was sie mit zitternden Knien, aber ohne zu straucheln, auffing. Sie ließ die Ski laufen. Dann richtete sie sich auf, atmete durch und zog vorsichtig nach links hinüber, um sich nach Sebastian umzudrehen.

Da blieb ihr Fuß plötzlich stehen, daß es sie vornüber aushebelte und hochschleuderte, und in der Luft versuchte sie, ihre Hände aus den Schlaufen der Stöcke zu bekommen und auszustrecken und so anzuordnen, daß es den Kopf nicht traf. Sie stürzte direkt auf eine weiße Fläche zu, und während sie stürzte, dachte sie, was sie jetzt durchbrechen würde, war viel fester als Wind. Dann erst hörte sie den Knall; die verspätete Meldung eines Aufpralls.

Das erste, was sie danach sah, war ein Bein neben sich. Sie dachte zuerst, es wäre ihr Bein.

Sie lag mit dem Rücken im Schnee und versuchte, das Bein zu bewegen. Aber es bewegte sich ganz woanders. Sie versuchte zu überlegen, was passiert war und wie lange sie hier schon lag. Ihr Gesicht brannte. Sie war froh, daß ihr das Bein neben sich unbekannt war und nicht zu ihr gehörte.

»'tschuldigung. Tut mir leid. Ist dir was passiert?« Das Bein neben ihr verschwand, und im Nacken gab es einen Druck. Jemand versuchte, sie aufzusetzen.

»Ich dachte, du fährst weiter geradeaus; so irre, wie du die ganze Zeit gefahren bist. Der totale Wahnsinn! Ich konnte ja nicht wissen, daß du gerade in dem Moment links rüber willst. Tut's weh?«

Sie wußte nicht genau, wie die Frage zu beantworten war. Außer ihrem Gesicht spürte sie nichts. Sie stützte sich mit den Händen hinter dem Rücken im Schnee ab. Links neben sich konnte sie einen Ski erkennen. Aber auch der Ski gehörte nicht ihr.

»Liegen wir hier schon lange?« Es war auch nicht Sebastians Ski.

»Glaub nicht. Du hast einen schönen doppelten Salto gemacht. Alles o.k.?«

Ihr Kopf pochte. Wenn sie ihn bewegte, war es, als würde ein halber Liter Wasser darin hin und her schwappen.

»Alles in Ordnung? Ich dachte echt, du fährst geradeaus. Du warst verdammt schnell. Ich habe versucht, dir hinterherzukommen. Wahnsinn!« Eine Frau kniete sich vor sie in den Schnee und zog die Handschuhe aus. Die Stirn unter den Fingern dieser Frau schmerzte.

»Das wird eine Beule. Ist dir schlecht?«

»Ich muß mal noch sitzen bleiben.« Als die Frau ihre Finger wegnahm, war die Stirn nicht mehr da.

»Klar. Deine Ski sind in Ordnung. Der eine ist 'n bißchen weit weggerutscht. Ich hol ihn dir mal.«

Evy saß da und hielt den Kopf still. Dann nahm sie eine Handvoll Schnee und preßte ihn dahin, wo die Stirn gewesen war. Sie bewegte die Füße und zog die Knie an und machte das gleiche mit den Armen und beugte den Rücken vor.

Der Kopf schmerzte weiter. Sebastians rotgestreifte Mütze war nirgendwo zu sehen.

»Tut mir leid«, sagte die Frau noch einmal, als sie zurückkam. Sie legte Evys Ski parallel zum Berg.

»Macht nichts.«

»Geht's besser?«

Das Reibeisen war das gefährlichste Stück, und sie hatte es bereits hinter sich gehabt und hätte jetzt locker bis unten durchfahren können. Die Frau stand da und balancierte, auf die Stöcke gestützt, unbeholfen in den kantigen Skischuhen. Evy erinnerte sich, daß sie sie schon in der Schlange vor dem Lift gesehen hatte. Sie hatte in einer Lautstärke von ihren Carving-Ski erzählt, daß alle mithören mußten. Die Ski waren der neueste Schrei, aber fahren konnte sie offenbar nicht.

Evy drückte sich hoch, möglichst ohne den Kopf zu bewegen. Die Frau griff nach ihrem Oberarm.

»Geht's?«

»Ja, geht schon. Ist nicht so schlimm!«

»Sollen wir lieber zusammen fahren bis unten?«

Als sie den Kopf schütteln wollte, fing es sofort wieder an zu schwappen. Sie ging zurück in die Knie.

»Am besten, du gehst erst mal aufs Klo. Ist besser, wenn du 'n Schock hast. Nach so was soll man erst mal pinkeln.«

»Hier?« sagte Evy und dehnte die Silbe. Die Frau mit ihrer lauten Stimme begann ihr auf die Nerven zu gehen. Außerdem war ihr schlecht. »Du mußt nicht warten. Jedenfalls nicht meinetwegen.«

»Nur sicherheitshalber. Komm, du mußt aufstehen, sonst wirst du kalt. Vera –«, sagte die Frau und hielt weiter ihren Arm. »Nur wegen dem Du.«

Evy bückte sich, grub den Fausthandschuh unter die Schuhschnallen und klickte sie auf. Eisstücke fielen ab, ihre Finger taten weh, und sie war sicher, daß sie sich schon die ganze Zeit geduzt hatten. Sie sah sich nach einem Busch um und fragte sich, ob Sebastian noch kam oder ob er bereits unten war.

Rechts und links neben der Piste standen nur hochstämmige Kiefern.

Die Frau schob ihre Kapuze zurück. »Und du?«

»Was und ich?«

»Wie du heißt.«

»Evy.« Sebastian wußte immer, wie man mit gedehnten Silben umging. Er verschwand in seinem Zimmer und machte die Tür für eine Weile hinter sich zu. Später klopfte er, und wenn sie beim zweiten Mal nicht antwortete, wußte er, daß sie beschäftigt war oder schlief oder einfach nur allein da sitzen und auf das Klettergerüst vor dem Fenster sehen wollte.

Evy ging hinüber auf die andere Seite der Piste und hoffte, daß die Frau verschwunden wäre, wenn sie zurückkam. Sie ließ sich auf ihren Schuhen ein Stück den Abhang hinunterrutschen, hieb die Schuhspitzen in die Schneewand, um einen sicheren Stand zu bekommen, und fummelte unter der Jacke die Träger ihrer Skihose auf. Im Hocken ließ sie die Träger hervorschnipsen, und die Kälte zog sofort in ihren Körper.

Es war still hier unten. Über dem aufgeworfenen Schnee oben an der Piste zogen Köpfe vorbei. Köpfe mit Stirnbändern, mit festgezurrten Kapuzen oder Mützen, unter denen die Gesichter nicht zu erkennen waren. Sie bewegten sich schnell und in Schlängellinien, verschwanden und tauchten an anderer Stelle wieder auf, als wären sie körperlos und würden auf dem Schneerand hin und her geschoben wie Handpuppen. Man wußte nur, daß die Köpfe zu Körpern gehörten, weil man das Bild zuvor gespeichert hatte. Aber man hörte sie nicht. Nur manchmal das leichte Geräusch, wenn ein Zweig herunterfiel.

Zum ersten Mal seit dem Sturz dachte Evy daran, was ihr hätte passieren können, wenn sie noch auf dem Eis gestürzt wäre.

Sie merkte, wie die Spannung im Bauch langsam nachließ. Sie blieb eine Weile hocken, das Kinn auf die Fäuste gestützt.

Sie wäre nicht gestürzt.

Als sie zurückkam, stand die Frau immer noch da, auf ihre Skistöcke gelehnt, als stünde sie an einer Bar. Aber das Schwappen im Kopf hatte nachgelassen. »Danke.«

»Keine Ursache. Freut mich immer wieder, wenn ich 'n Profi erwischt habe.« Die Frau lachte sie an. Sie hatte die Kapuze in den Nacken geschoben und sah ohne Kapuze viel jünger aus. Sie war keine dreißig. Ihre schwarzen Haare hatten platt unter der Kapuze gelegen und begannen jetzt langsam sich aufzurichten.

»Du brauchst hier nicht meinetwegen rumzustehen.«

Die Frau sah sie an, ohne zu antworten.

»Danke. Ich komme schon klar«, sagte Evy und versuchte, dem Blick dieser Frau auszuweichen. Dann dachte sie, daß man sich heute vielleicht nicht mehr helfen lassen durfte, ohne eine Gegenleistung zu erbringen, und daß bei Unterlassung der Anwalt vor der Tür stand. Ihr fiel auf, daß es das war, was Sebastian bei solchen Gelegenheiten vermuten würde. Sebastian ließ sogar die Reagenzgläser aus seinem Privatbesitz versichern. Sie dachte an seine rot-gestreifte Mütze, daran, daß er längst unten am Lift war und daß die Frau immer noch kaum einen Meter entfernt vor ihr stand.

»Naja, wenn ich jetzt nichts weiter machen kann –« Die Frau sah sie an und kippelte auf ihren Skischuhen. »Aber vielleicht läßt sich das ja nachholen?« Das war leise gesagt und mehr in den grauen Schal hinein, der gefroren vor ihrem Kinn stand. Und doch klang es wie ein Ruf über die Piste. Für einen Moment hatte Evy das deutliche Gefühl, die Frau wollte sie küssen. Das war vollkommen unangemessen, und sie trat einen Schritt zurück.

Dabei rutschten ihr die Beine weg. Der Himmel kam in ihren Blick, aber anders als sonst, und während sie sich noch wunderte, wieso der Himmel nicht mehr oben war, sondern direkt auf sie zustürzte, hatte die Frau sie aufgefangen.

Ihr Arm fühlte sich an wie ein Einrichtungsgegenstand, an dem man wieder ins Gleichgewicht kam. Als Evy sich aufgerichtet hatte, wurde sie sofort losgelassen.

»Ich hätte da auch schon eine Idee«, sagte die Frau, wieder weit genug entfernt, um über Evys Kopf hinwegsehen zu können. Ihre Haare kräuselten sich an den Ohren, aufgerieben von der Kapuze. Dann begann sie, sehr langsam und sehr von unten herauf zu lächeln. Sie sah dabei aus, als würde sie gerade etwas sehr Schönes sehen. Evy drehte sich um, aber da war nichts. Es war ihr unangenehm, daß sie sich nicht mehr an den Namen erinnern konnte.

»Wir gehen einfach den Berg wieder hoch«, sagte die

Frau. »Wir gehen wieder hoch und warten, bis es dunkel ist. Da oben verleihen sie Fackeln. Wir leihen uns welche aus und machen eine geile Fackelabfahrt. Was meinst du? Ich hab schließlich was wiedergutzumachen. Und es sieht toll aus: der Schnee, die Funken, der Nachthimmel, eine menschenleere Piste. Und dann mit einer wie dir –«

Die Frau war eine komische Rednerfigur in ihren klobigen Skischuhen. Dann fiel Evy ein, daß sie gemeint war, und lachte nicht und sagte nichts und wußte nicht, was man überhaupt sagen konnte.

»'tschuldigung. Ich habe dich gerade umgefahren. Warum solltest du also. Was für ein Unsinn! Laß uns losfahren.« Aber sie rührte sich nicht. Sie drehte einen Skistock in den Schnee, immer tiefer und sagte zu dem Stock herunter: »Es könnte sein, daß ich noch mehr Unsinn sage.«

Und weil der Stock schwieg, sagte Evy: »Ja?«

»Ja. Zum Beispiel, wie froh ich bin, daß ich dich umgefahren hab –«

Evy entdeckte winzige Lachfältchen auf der Nase, die dicht beieinanderlagen, und stellte fest, daß sie das noch nie bei jemandem gesehen hatte. Daß sie es gerade jetzt bei jemandem sah. Aber daran war der Sturz schuld, und es war bedeutungslos, und sie klickte die Schnallen ihrer Schuhe zu und sah sich nach ihren Ski um.

»Du siehst allerdings nicht so aus, als ob du gerade gestürzt wärst«, sagte die Frau.

Sie standen auf der Piste, neben ihnen fuhren die Leute, erst einzeln, dann im Pulk, und die Frau zog langsam ihre Handschuhe wieder an. »Das ist Wahnsinn, so wie du fährst.« Sie war ganz ernst, und Evy schwieg und dachte an den Stock, der auch schwieg.

Wortlos stieg sie auf ihre Ski, die Bindungen klackten.

Es kam ihr vor, als würde sie das Reibeisen noch vor sich haben. Dabei lag der Schnee jetzt ziemlich hoch, und man mußte die Schwünge mit Kraft fahren.

Während der Fahrt sagte die Frau nichts und lächelte nur manchmal zu ihr herüber, und Evy sagte auch nichts und lächelte auch nicht zurück.

Sebastian stand unten vor der Schlange zum Kabinenlift. Die Ski hatte er bereits abgeschnallt.

»Was war denn los?«

»Ich hab sie ein bißchen aus der Bahn gebracht. Bin voll hinten reingefahren.«

»Das ist Vera«, sagte Evy. Der Name war plötzlich da.

»Ich habe schon gedacht, das ist doch supergefährlich. Die rechte Seite. Das ist pures Eis!«

»Es war nicht auf dem Eis«, sagte Evy. »Es war weiter unten.«

Sebastian sah aus, wie er ausgesehen hatte, als er ihr erklärte, daß Revolution keine Alternative war, und sich dann trotzdem bei ihr entschuldigt hatte, weil er es schließlich hätte in Betracht ziehen können.

»Sollen wir Schluß machen?«

»Nein, fahr ruhig noch. Es ist viel zu früh zum Schluß machen.«

»Du mußt sagen, wenn es dir nicht gutgeht«, sagte er. Auf sein besorgtes Gesicht fiel ihr nichts ein.

»Es geht mir gut. Ich setz mich ein bißchen rein, und du fährst weiter. – Tja«, sagte sie noch, damit er merkte, daß es ihr schon viel besser ging, »da muß ich jetzt wohl die Küche wischen, was?«

»Geht es wirklich?«

»Wenn ich's dir sage –«

»Paß ruhig ein bißchen auf deine Freundin auf«, sagte die Frau zu Sebastian. Dann legte sie ihr plötzlich eine Handfläche an die Wange.

Evy ging mit dem ganzen Körper zurück, aber der Körper ging nicht mit.

Statt dessen lehnte sich ihre Wange gegen die Handfläche von Vera, dieser Frau, die sie unangemessen fand und viel zu selbstsicher.

Sebastian hatte nichts gemerkt, oder er tat so. Das war seine Art. Es war ihm unangenehm, Dinge zu bemerken, die nicht für ihn bestimmt waren. Er beschäftigte sich mit den Schnallen seiner Schuhe, die schon längst offen waren, und winkte dann in Richtung Schnellgaststätte.

Evy hätte sich am liebsten allein irgendwo an eine Heizung gesetzt, einen Tee getrunken und zugesehen, wie der Dampf aus dem Teeglas eine Fensterscheibe beschlug.

»Ich bin nicht seine Freundin«, sagte sie statt dessen.

In der Gaststätte roch es nach verschwitzten Schals und Kräutersalbe, und Sebastian wollte noch einmal genau wissen, wie das passieren konnte. Evy zuckte die Schultern und sah nach draußen.

»Du bist beeindruckt, nicht?« sagte er am Abend, als sie das Licht schon ausgemacht hatten, aus seinem Bett vom anderen Ende des Zimmers her. »Sie stand in der Liftschlange hinter uns.«

»Ich weiß.«

»Sie hat dich angesehen.«

»Sie hat alle angesehen. Und alle haben sie gehört.«

»Aber morgen fährst du das Rennen mit ihr, oder?« sagte er.

Sie tat, als wäre sie von einem Moment auf den nächsten in Tiefschlaf gefallen, und hoffte, er würde es glauben.

Dvoračky

Paul ist schon wieder unruhig. Er hat sich aus seinem An-zug gestrampelt. Ich muß ihn füttern, sonst geht das Ge-schrei den ganzen Morgen weiter.

Ich stehe auf, vorsichtig, damit mein Deckenzipfel Oli-ver nicht ins Gesicht rutscht. Er hat einen Sportlerschlaf, er hört es nie, wenn Paul herummurkst. Brummt höchstens mal im Traum.

Die Milch von gestern ist noch im Kühlschrank. Ich mache das Fläschchen warm. Paul saugt wie ein Weltmei-ster. Er ist ein großer; mein zweiter. Wird bald aus dem Strampler herausgewachsen sein.

Richard schläft. Der ist wie sein Vater. Sein Ärmchen liegt ganz verrenkt auf dem Kopfkissen. Ich gehe hinüber, um es ihm zu richten, aber als ich das nächste Mal hinsehe, hat er es schon wieder genauso verrenkt. Der Richard ist ein stiller. Er hat ein Auge, das ihm immer wegrutscht. Er weiß, daß man sich mit so einem Auge im späteren Leben nichts herausnehmen kann. Der Arzt sagt, es ist zu spät, um es noch zu kurieren. Es wird immer wegrutschen. Ich würde Richard gern dazu erziehen, daß es ihm nichts mehr ausmacht.

Paul ist auf meinem Schoß wieder eingeschlafen. Na bitte. Es ist sechs, da bleiben noch zwei Stunden, bis Oliver den Kaffee aufsetzt. Ich weiß genau, daß es heute schön wird, durch den Spalt in der Gardine ist der Himmel klar. Gestern war auch schon den ganzen Tag die Sonne draußen.

Oliver schiebt ein Bein an meinen Bauch, es tut weh, weil er so ein spitzes Knie hat. Ein Sportlerknie, nur Knochen. Vielleicht will er heute wieder zur Dvoracky, wie gestern. Aber gestern waren die beiden Mädchen von oben mit. Oliver hatte sie eingeladen. Die eine kommt aus Senftenberg, das ist ganz in der Nähe von uns. Das merkt man sofort. Sie nimmt nicht alles so wichtig. Sie macht auch nicht solche Bemerkungen wie die andere, wo man nicht weiß, ob das Spaß oder Ernst ist. Die andere hat Oliver einen *Underdog* genannt.

Olivers Knie schubbert an meiner Hüfte entlang. Vorsichtig schiebe ich es ein Stück von mir weg.

»Was denn?« Er dreht sich ruckartig um und wendet mir den Rücken zu.

»Nichts. Schlaf nur weiter.«

»Dann lieg endlich still.«

Ich versuche, mich nicht mehr zu rühren. Ich baue aus dem Gardinenmuster eine Schneelandschaft. Rostbrauner Schnee mit einer blauen Loipe, da, wo die Gardinenhälften aufeinanderstoßen, fast wie oben auf dem Kamm. Und Oliver hat die ganze Zeit erzählt, es riecht nach Pinien. Er erzählt immer sofort von Pinien, sobald wir im Gebirge sind und die Sonne scheint. Auch wenn es weit und breit keine Pinien gibt, aber Oliver glaubt, wir wüßten nicht, wie Pinien aussehen. Weil er vor zwölf Jahren eine Auszeichnungsreise nach Bulgarien gemacht und in Nessebar in einem Haus mit Blick auf das Schwarze Meer und Pinienbäume gewohnt hat, wo wir noch nicht mal aus Großräschen-Süd herausgekommen sind.

Dabei hat es auf der Loipe nur nach Schnee gerochen und nach vollgemachten Windeln, und die beiden von über uns sind ja auch nicht blöd. Die eine kommt aus dem Westen. Das merkt man sofort. Die weiß doch, wie Pinien aussehen. Aber bis zur Baude hat sie kein Wort dazu gesagt. Sie hat den ganzen Spaß mitgemacht, selbst als Oliver ständig neben ihnen hergerannt ist, weil er ihnen zeigen wollte, wie das geht: den Druck nach vorn auf den Ski verlagern, kräftig abstoßen und dann das Gewicht sofort auf die andere Seite. Ich glaube, die haben ihm zuliebe nur so getan, als ob sie's nicht könnten.

Oben ist es noch still. Sie stehen immer erst nach uns auf, und dann kommen sie runter und kochen in der kleinen Küche mit dem gemeinsamen Tauchsieder ihren Tee. Oliver hat ihnen gesagt, daß sie gar nicht wüßten, was schön ist, wenn sie ewig Alpin-Ski fahren. Das ramponiert die Wälder, und man kriegt gar nichts von der Landschaft mit. Da hat er recht. Es ist toll auf dem Kamm. An klaren Tagen kann man bis rüber zum Ještěd gucken.

Er hat sie eingeladen, und gestern morgen ist er mit ihnen los, um Langläufer auszuleihen. Das Ganze hat mit Schuhanprobe und allem Drum und Dran zwei Stunden gedauert, aber er war in seinem Element. Er war mit unten im Keller der Verleihstation, und ich habe draußen gewartet und mußte Paul zweimal das Fläschchen geben, damit er nicht anfängt zu quengeln in seinem Schlitten. Die reinsten Flachlandtiroler, hat er hinterher gesagt, so wie die sich angestellt hätten. Alles mußte er erklären; wie die Bindungen funktionieren und welches Wachs in welchem Schnee das schnellste ist und daß Langlaufstöcke bis zur Schulter gehen müssen.

Ich weiß nicht. Ich glaube, sie wollten nicht unhöflich sein. Er ist so glücklich, wenn er jemanden hat. Bei mir lohnt sich das nicht mehr, das hat nur am Anfang geklappt, und jetzt sind es dauernd dieselben Ratschläge. Er war gestern so aufgeregt, daß er schon früh um neun bei den Mädchen geklopft hat. Ich habe ihm gesagt, mach das nicht, die kommen immer erst gegen zehn runter, aber er hat nur die Schultern gezuckt, auf den strahlend blauen Himmel gezeigt und ist hoch.

Er ist so. Wenn man versucht, ihn von etwas abzuhalten, macht er es erst recht. Man müßte ihn eigentlich immer in allem bestätigen, damit er mal etwas nicht tut. Mit Richard ist das so ähnlich. Wenn ich ihm was verbiete, sieht er einen Tag lang durch mich hindurch.

Ich lausche, ob Oliver wieder eingeschlafen ist. Seine rechte Hand zuckt. Sie zuckt immer beim Einschlafen. Die Zeiger des Weckers machen eine Grätsche; fünf vor halb sieben.

Als ich wieder aufwache, ist Oliver nicht mehr neben mir. Seine Unterhose hängt an der Klinke zum Bad, und das Wasser läuft. Ich höre ihn ins Waschbecken spucken. Richard krabbelt durchs Zimmer.

»Zieh dir deinen Pulli an, du erkältest dich sonst.« Richard sieht mich an und kriecht dann ins Bett, dahin, wo sein Vater gelegen hat. Als ich ihm über den Kopf streichen will, rutscht er weg. Oben höre ich Schritte. Sie sind früher wach als sonst. Vielleicht reden sie über das, was gestern passiert ist. Ich halte die Luft an, um sie zu verstehen, aber die Stimmen sind stumpf und undeutlich. Schon habe ich wieder diesen Klumpen im Hals. Den habe ich immer, wenn ich früh aufwache und Traum und Wirklichkeit sich ordnen und ich dann feststelle, daß die schlimme Erinnerung nicht aus dem Traum kommt. Dabei war es anfangs so lustig. Ich habe ihnen erzählt, wie die Berge ringsum alle heißen und die Sage von Krakonoš, dem Waldgeist, von dem man nicht weiß, ob er gut oder böse ist, und der Schlitten mit Paul ist auf dem schrägen Weg kein einziges Mal umgekippt.

Wir hätten die Schwiegermutti mitnehmen sollen. Dann hätte Oliver sich zusammengerissen, und das mit den beiden da oben wäre jetzt vielleicht nicht so schlimm.

Die Klospülung geht. Jedesmal, wenn Oliver im Bad ist, steht hinterher eine riesige Pfütze auf dem Fliesenboden. Ich fische die Unterwäsche und den Pullover vom Stuhl und ziehe mich im Bett unter der Decke an. Oliver dreht nachts immer die Heizung runter, weil es sportlicher ist.

»Mami, was ist ein Sanginiker?« fragt Richard und sieht mit seinem linken Auge an mir vorbei.

»Ein Sanguiniker? Och, das ist einer, der sich immer freuen kann. Den nichts aus der Ruhe bringt, weißt du. Einer, der immer lieb ist und viel Geduld hat.«

»Dann möchte ich ein Sanginiker werden.«

»So was kann man nicht werden. Entweder man ist so oder man ist nicht so.«

»Ist Papi so?«

Ich beantworte die Frage nicht, sondern stehe auf und ziehe die Gardinen zur Seite.

»Na, wollen wir heute wieder auf die Dvoračky?«

»Nein«, sagt Richard hinter mir. »Ist Papi ein Sanginiker?«

Gestern auf der Dvoračky haben die beiden Mädchen vorgeschlagen, ein Spiel zu spielen. Wir haben die Kellner mit ulkigen Namen getauft, und wer die ulkigste Idee hatte, bekam was spendiert. Am Schluß haben wir den beiden alles spendiert, aber nicht wegen ihrer Ideen.

»Der blonde Kellner auf der Dvoračky ist ein Sanguiniker, weißt du noch? Der uns gestern immer angelächelt hat, und dann hat er vergessen, uns die Speisekarte zu bringen. Wollen wir den heute wieder besuchen gehen?«

»Und warum ist Papi kein Sanginiker?«

»Sanguiniker heißt das. San-gu-i-ni-ker.« Ich beende das Gespräch und gehe in die Küche, um die Brötchen in den Ofen zu legen. Im Zimmer singt Richard ein Lied, in dem ganz oft das Wort Sanguiniker vorkommt.

»Und? Kaffee?« Oliver steht in seinen Unterhosen an der Tür.

»Du könntest Richard mal beim Anziehen helfen.«

»Erst Kaffee. Der letzte Grog gestern muß schlecht gewesen sein.« Oliver lacht und klappt die Filtertüte auseinander.

»Gut geschlafen?« Er küßt mich auf die Schulter, während er Kaffeepulver aus der Dose löffelt. »Wie sind wir bloß da wieder runtergekommen?«

Die Kaffeemaschine funktioniert nicht.

»Stecker?« sage ich und Oliver sieht mich an, als wäre das die dümmste Bemerkung, die er seit langem gehört hat.

»Na dann eben die russische Methode«, sagt er und haut mit der flachen Hand zweimal auf den Kopf der Maschine. Der rote Knopf flackert und leuchtet auf.

Ich gehe wieder rüber zu Richard, der mit den Kissen Auto fährt.

»So, jetzt wird sich mal fix angezogen.«

Richard reagiert nicht.

»Ein richtiger Skifahrer muß auch was Richtiges anhaben. Guck nur mal, wie die Sonne draußen lacht. Die geht gleich wieder weg, wenn du nicht aufstehst.«

Es hat keinen Sinn. Richard sitzt im Bett hinter dem Kissenberg, den Blick geradeaus, nur das Auge rutscht öfter weg als sonst. Der Rest seines Gesichts ist ganz starr. Daß so ein kleines Gesicht schon richtig verbittert aussehen kann. Die Evy aus Senftenberg hat gestern gesagt, er ist in seiner Böckchenzeit. Ich weiß nicht. Und wenn, dann wäre er da schon ziemlich lange.

Ich ziehe ihm die Kissen unter den Armen weg und hebe ihn hoch, noch kann ich ihn schaffen, selbst wenn er sich steif macht. Ich stelle ihn auf dem Fußboden ab, wo er sofort zusammensackt.

»Richard. Es ist gut jetzt.« Ich versuche ihm die Schlafanzughose auszuziehen, aber er sträubt sich und krallt sich in meiner Hand fest. »Richard!«

Der Junge ist steif. Ich versuche, mit den Socken zu beginnen. Da fängt er an zu treten. Mir wird heiß. Die Sonne knallt durch das Fenster, als wäre Hochsommer.

»Was machst du mit dem Kind?« Oliver schiebt mich zur Seite und greift sich Richard am Oberarm. »Komm her, Kämpfer. Jetzt zeig mal deine Muckies!« Er wirft ihn aufs Bett und hält ihm die Arme auf dem Rücken zusammen. »So. Jetzt machen wir der Mami mal keinen Ärger, hm?« Mit einem Ruck zieht er Richard die Schlafanzughosen aus und dreht ihn herum. »Ist ja schon ganz rot vor Wut, das Pimmelchen. Sieh ihn dir mal an. Wo andere im Gesicht rot werden, wird es dein Sohn am Pimmel. Wie findest du das?«

In der Küche fängt die Kaffeemaschine an zu röcheln. Aber es riecht gut. Als Oliver ihm die langen Unterhosen anziehen will, fängt Richard an zu schreien.

»Dann eben ohne.«

»Oliver! Er muß die Unterhosen anziehen. Auf tausend Metern ist es kälter als hier unten.«

»Du siehst doch, daß er nicht will.«

»Er holt sich was weg.«

»Abhärtung schadet nix. Meinst du, wir hatten Unterhosen?«

»Ihr wart erwachsen.«

»Erwachsen oder nicht. Kann nicht früh genug anfangen zu lernen, wie man ein bißchen was aushält. Außerdem waren's bei uns zwanzig Grad minus, und das die ganze Nacht, und wir haben gestanden, sag ich dir, ohne uns zu rühren!«

»Aber deshalb muß der Junge doch nicht frieren.«

»Der friert nicht. Was, Richard?«

»Er friert. Und wenn du sie ihm nicht anziehst, kannst du ja heute mit ihm hierbleiben.«

»Oh! Beleidigt.«

Die Tür zum Hausflur steht offen. Jeden Moment können die beiden von oben herunterkommen, um sich Tee zu machen. Ich weiß nicht, wie ich das von gestern auf der Baude wieder gutmachen soll.

Oliver streichelt Richard das Gesicht an der Stelle, an der es nicht in die Bettdecke gepreßt ist.

»Armer Junge. Mußt du eine Unterhose anziehen, die du gar nicht willst. Aber du hast ja gehört, was deine Mutter gesagt hat.«

Ich war immer die Unterhaltungskünstlerin der Familie. Jedes Weihnachten Programm, und zu den großen Geburtstagen immer mit Gedicht und Keyboard. Omi hat sich am meisten darüber gefreut.

Das Schönste für einen selbst ist das Glück, das man im Gesicht der anderen aufblitzen sieht, hat sie gesagt. Das Schönste und das Schwierigste.

Das Schlimme ist, daß Oliver sich an nichts mehr erinnern kann. Die beiden Mädchen bleiben noch vier Tage, genausolange wie wir, das sind vier Tage im selben Haus, vier Tage in derselben Küche, und ich kann doch nicht hingehen und mich für ihn entschuldigen, als wäre ich sein Rechtsausschuß. Ich merke, wie ich schon wieder die Gardine anstarre, und gehe zurück in die Küche.

»So. Fertig. Ein kleiner Wilder, dein Sohn. Was ist? Gibt's keine Brötchen?« Oliver schiebt mir seine Arme unter den Achseln durch und zieht mich an sich. Er legt seine Hände auf meine Brüste und drückt sie langsam von unten nach oben zusammen. »Macht nichts. Ich hab ja die.«

»Wenn ihr jetzt Wache steht, habt ihr doch Unterhosen, oder?« frage ich, weil mir nichts anderes einfällt und die Küchentür offen ist und sie wahrscheinlich schon oben an der Treppe stehen.

»Mach dir mal darum keine Sorgen.«

Ich tue nichts gegen seine Hände, sondern sehe zu, wie sie nach unten in meine Strumpfhosen hineinrutschen und die Leisten entlang, dann über meinen Hintern, bis er plötzlich einen Daumen in mich hineinschiebt.

Richard steht auf einmal im Türrahmen. Er starrt uns an.

»Der Junge!« flüstere ich und versuche, mich aus seinem Griff zu winden. Oliver reagiert nicht.

»Kommt ganz nach seiner Mutter, hm?« sagt er und küßt meinen Nacken und bewegt seine Hand.

»Oliver, bitte.«

»Offener als unsere Eltern, war es nicht so? Wo auch die Zeiten jetzt andere sind?«

Ich will Richard gut erziehen, damit ihm das mit dem Auge nicht mehr passiert, und dann fallen mir schon in einem solchen Moment die richtigen Worte nicht mehr ein.

»Richard«, sage ich in normaler Tonlage. »Kannst du mal bitte nach Paul sehen und ihm eine Guten-Morgen-Geschichte erzählen? Sonst fürchtet er sich so allein beim Aufwachen. Vielleicht die vom Rübezahl –«

Richard hält den Kopf gesenkt und pult mit seinen Fingerchen am Türrahmen. Dann nickt er langsam. Aber bevor er geht, dreht er sich noch einmal zu uns um.

Ich weiß nicht genau, was ich jetzt machen soll. Wenn

ich mich wehre, macht Oliver erst recht weiter. So ist er. Ich müßte wollen, damit er aufhört. Aber wenn ich will, macht er auch weiter, weil es das ist, was er will.

Oben klappt eine Tür.

»Oliver«, sage ich, lausche dabei auf Richards Geplapper im Nebenzimmer und ignoriere, daß Olivers Glied gegen meinen Hintern drängt, »wenn du noch einmal so bist, wie du gestern auf der Baude warst, wenn du noch einmal so etwas sagst, und wenn du mich jetzt nicht sofort losläßt, dann erzähle ich deiner Mutter eine ganz bestimmte Episode aus deinem Leben, die ungefähr zwölf Jahre zurückliegt, und wofür du diese Auszeichnungsreise eigentlich bekommen hast.«

Das wirkt. Er läßt mich ruckartig los und sagt erst mal gar nichts.

Ich ziehe die Strumpfhose über den Bauch hoch und nehme die Brötchen aus dem Ofen.

So was habe ich noch nie zu Oliver gesagt. Das müssen die Mädchen von oben gemacht haben. Gestern in der Baude. Sie haben ihn einen *Underdog* genannt.

»Ach so«, sagt er dann. »Erpressung in der eigenen Familie! Soweit sind wir also schon. Kannst du mir wenigstens verklickern, was du mit wie-du-gestern-auf-der-Baude-warst meinst?«

»Ich wiederhole so was nicht.«

Er sagt nichts mehr und geht nach nebenan.

Ich decke den Frühstückstisch. Die Aluminiumköpfe der Gabeln haben sich beim Abwaschen verbogen und sehen aus, als würden sie sich auf ihren Stielen zurücklehnen. Ich biege sie auf der Tischplatte gerade.

Nach einer Weile kommt Oliver mit den beiden Jungs zurück. Paul ist fertig angezogen, nur die Strampelanzugjacke ist falsch geknöpft.

Wir frühstücken, und ich weiß, ich kann jetzt Evy und der anderen, die immer eine passende Bemerkung parat hat, wenn sie herunterkommen, in die Augen sehen.

Eine runde Summe

Wenn Martin Dlouhy den Laden erst öffnet, wenn die Lifte schon laufen, verliert er zwanzig Prozent vom Umsatz. Also öffnet er den Laden immer um halb acht. Die meisten Touristen kommen morgens.

Das Schloß ist wieder eingefroren. Jedesmal hat er Angst, daß ihm der Schlüssel abbricht. Er beugt sich hinunter, legt die Hände zu einem Trichter geformt um das Schloß und haucht hinein. Dann drückt er auf den roten Leuchtknopf an der Wand, mit dem er gleichzeitig alle Lichter einschalten und die Gitter vor den Ladenfenstern hochfahren kann. Er steht da und bewundert den Mechanismus. Die Art, wie er einrastet und wie die Gitter dann langsam über die Scheibe rutschen, findet er immer noch erstaunlich. Er hält die Luft an dabei und beugt den Kopf weiter nach unten, je höher die Gitter steigen, weil er fürchtet, daß sie es nicht schaffen und auf halber Höhe hängenbleiben, so daß die Schaufensterpuppen ohne Köpfe dastehen. Aber Pavel hat nicht zuviel versprochen. Die Technik ist eine Lizenzausgabe einer großen amerikanischen Firma, die er ihm letztes Jahr besorgt hat, und wenn die es nicht schafft, schafft es keine. Dafür beneiden ihn alle. Aber vor ihm tun sie so, als wäre er ein Abtrünniger, ein Verräter. Mit ihren klappernden Fensterläden aus Brno, die regelmäßig aufgebrochen werden.

Er hängt seine Jacke in den Schrank und sieht nach, ob er genug Ski im Holzständer hat oder noch welche aus dem Keller holen muß. Er zählt fünfzehn Paar, gestern hat er kein einziges Paar verkauft. Er rückt sie noch einmal zurecht, so daß ihre Neonfarben günstig vom Wandstrahler getroffen werden. Ohne die Verleihstelle im Keller hätte er längst schließen müssen. Die Leute riskieren nichts mehr. Sie wollen sich die Sachen immer nur ausleihen, als würden sie sich sonst zu irgend etwas verpflichten. Sie lassen sich auf nichts mehr wirklich ein. Immer nur mal auf einen Tag, höchstens zwei. Dabei fühlt man nach dem ersten Tag Snowboardfahren nur den Haß auf sich und das Brett mit den lächerlichen Aufschriften, die *Soulsurfer* heißen und *Eisdieler*. Erst nach Wochen hält man sie für die größten und coolsten Schneebrecher aller Zeiten.

Sein Lieblingsbrett lehnt ganz hinten an der Wand. Er stellt es lieber ein bißchen versteckt, um es auch über diesen Winter zu retten. Es wäre schade, *Whirlwind* zu verkaufen. Aber wenn es unbedingt sein muß, dann müßte es schon jemand besonderes sein, jemand, den er sich auf so einem Brett unbedenklich im Tiefschnee vorstellen kann. Aber so jemand fährt in die Schweiz, nach Zermatt oder St. Moritz.

Hierher kommen nur Sonntagsfahrer. Das ist sein Kreuz. Täglich kommen sie zu ihm in den Keller, machen dumme Witze, die sie für Fachsimpelei halten, und leihen sich dann doch nur für einen halben Tag Langläufer aus. Damit stapfen sie durch die Gegend, als hätten sie Klumpfüße, und am Abend beschweren sie sich, daß die Ski nicht funktioniert haben, und wollen ihr Geld zurück. Wenn sie in Jeans und Daunenjacken hereinkommen, dann macht er schon vorsorglich Steigwachs auf die Laufsohlen. Sonst würden sie dauernd zurückrutschen und kämen keinen Meter voran, so steif in den Knien wie Stelzenläufer.

Er streicht über die scharf geschliffenen Kanten von *Whirlwind*. Er wird sich hüten, ihnen dieses Brett in die Hände zu geben.

Gegenüber an der Talstation schaufeln sie den Schnee weg. Das müssen fünfzig Zentimeter gewesen sein letzte Nacht, und vielleicht lassen sie die Lifte heute wieder ausgeschaltet. An solchen Tagen geht das Geschäft besser, weil die Leute Zeit haben, sich umzusehen. Allerdings gibt es auch mehr Diebstähle als sonst, weil er zu den Stoßzeiten nicht mehr alles überblickt. Er lehnt *Whirlwind* behutsam an die Wand zurück und geht hinüber zum Ladentisch.

Mit dem kleinen Finger klickt er die Kasse auf und zählt Geld aus seinem Portemonnaie hinein. Fünf Tausender, zehn Zweihunderter, einen Stapel Hunderter und ein bißchen was Kleines. Wenn er unten im Keller bedient, schließt er die Kasse ab und stellt unauffällig die Kamera ein, die hinter den Schneeanzügen versteckt ist.

Die Ladentür geht. Wieder eine Sonntagsfahrerin in grüner Daunenjacke. Aber sie ist eine der jüngeren, bei denen man noch Hoffnung haben kann, und er nimmt sich vor, freundlich zu sein.

»Dobrý den!« Immerhin beherrscht sie das harte R.

»Guten Tag«, sagt er und sagt es schnell noch einmal auf tschechisch, weil er sieht, wie unangenehm es ihr ist, daß er sie sofort erkannt hat. Sie hält zwei Abfahrtsski senkrecht an ihren Körper gepreßt. Er erinnert sich, daß sie irgendwann schon mal hier war, aber irgendwann waren alle schon mal hier.

»Ich habe sie seit Jahren nicht wachsen und schleifen lassen.« Die Ski verursachen einen dunklen Ton auf dem Teppichboden, als sie sie absetzt. Er hat ihr beim letzten Mal Langläufer ausgeliehen, und abends fehlten im Laden zwei Mützen.

»Die Kanten sind auch angerostet.«

Der Diebstahl war nicht ihre Schuld. Er hätte besser aufpassen müssen. Er hätte den Bildschirm nicht zu lange aus den Augen lassen dürfen, während er sie unten bediente. Und er hätte vor allem diesen Typen, der sie begleitete und sich aufspielte wie ein Skiprofi, um dann doch das falsche Wachs zu kaufen, nicht nach oben schicken sollen. Aber nach einer halben Stunde Fachsimpelei hatte Martin eine derartige Übelkeit befallen, daß ihm nichts anderes übriggeblieben war.

»*Ne probléma.*« Die Ski sind eine Katastrophe.

Sie reißt den Klettverschluß einer roten Manschette auf, was bedeutet, daß auch die Bremsbacken an der Bindung kaputt sein müssen, sonst hätte sie die Manschetten nicht gebraucht. Aber immerhin scheint sie mit den Abfahrtsski besser zurechtzukommen als damals mit den Langläufern. Wenigstens hält sie sie nicht wie Stäbchen.

»Und hier. Können Sie da was machen? Da ist mir mal jemand reingefahren.«

Unterhalb der Skispitze ist ein Stückchen Holz abgeplatzt, ein daumennagelgroßer Dreiangel. Unwillkürlich pfeift er durch die Zähne. Für so einen Aufprall braucht es Tempo.

»*Ne probléma*. Wenn Sie vierzig Minuten warten wollen. Oder Sie können auch heute abend kommen.«

»Und wie ist das mit bezahlen?«

»Bei dem Wetter?«

»Wie bitte?«

»Bei dem Wetter?« Er versteht nicht immer, was die Touristen sagen. Dann lächelt er vorsichtshalber und wartet eine Weile ab. Aber sie grinst jetzt.

»Stimmt. Bei dem Wetter müßten Sie das eigentlich umsonst machen.«

»Umsonst? Ah, Sie wollen ein Geschenk von mir.« Er macht eine Pause und fährt die Kante des Skis prüfend mit dem Zeigefinger nach, damit es professionell aussieht. Er macht es nicht wegen der Kanten. Der Rost ist sowieso nicht zu übersehen.

»Ich kann Ihnen zum Beispiel eine Bescheinigung für Ihren Chef schreiben, daß eine Lawine Sie eingeschneit hat. Lawine. *V horách*. Daß Sie nicht wegkönnen. Wenn Sie noch länger bleiben wollen.«

Die Frau grinst ihn immer noch an. Sie hält sich an ihrem Ski fest, und er sieht ihre Schneidezähne. Vielleicht heißt Geschenk auch etwas ganz anderes. Er wird tiefrot.

Wie die leuchtenden Lackflächen der Snowboards muß er aussehen, wie eine ganze Snowboardparade, und er muß jetzt sehr ungezwungen sein, damit das wieder weggeht.

Er tippt den Betrag in die Kasse, mit dem kleinen Finger setzt er das Komma vor den Nullen. Aus ihrem Grinsen läßt sich nichts schließen. Fieberhaft überlegt er, in welchem Zusammenhang er das Wort Geschenk schon mal gehört hat.

Er wartet, bis sich der Bon herausdreht. Dann reißt er ihn ab und legt ihn so auf den Ladentisch, daß die Zahlen für ihn auf dem Kopf stehen. Knapp dahinter stützt er sich auf seinen Fingerknöcheln ab, den Ellbogen leicht nach außen gedreht, cool, wie ein Snowboardfahrer in der Liftschlange.

»Ich weiß gar nicht, ob ich überhaupt noch länger bleiben will«, sagt sie dann, das Kinn auf die Skispitze gelegt.

»Es hört bestimmt bald auf zu schneien.«

»Und woher wollen Sie das wissen?«

»So was weiß man, wenn man im Gebirge wohnt.« Außerdem hat er heute morgen den Wetterbericht gehört. Wenn sie Tschechisch könnte, hätte er jetzt noch etwas Galantes hinzugefügt. Aber so kommt ihm seine Zunge viel zu klobig vor, und er hofft, seine Haltung gleicht das wieder aus.

Sie hat noch nicht auf den Kassenbon gesehen.

»Macht Ihnen das Skifahren keinen Spaß?« Er könnte ihr auch noch einen Skisack verkaufen. Einen von den amerikanischen, in die Reflektoren eingenäht sind, die verhindern sollen, daß man damit irgendwo anstößt und die Spitzen abbrechen. Als er die Skisäcke zum ersten Mal im Katalog gesehen hat, hielt er das Ganze für einen Witz. Inzwischen kennt er die Amerikaner. Inzwischen weiß er auch, daß so was gut geht.

»Doch. Es macht schon Spaß.«

»Vielleicht haben Sie es noch nicht lange genug gemacht. Man braucht eine Zeit, um es sich anzugewöhnen. Um es zu leiden. *Mit rád. Rozumite?* Verstehen Sie?«

»Länger als einundzwanzig Jahre?«

»Na vielleicht nicht.« Die Zahl, die er verstanden hat, muß viel zu hoch sein, denn jemand, der schon einundzwanzig Jahre lang Ski fährt, fragt sich das nicht.

Vorsichtshalber lächelt er noch stärker als vorher.

Er tippt auf den Bon.

»Ach so. – Ja.« Als sie sich vorbeugt, sieht er den kräftigen Nacken im Jackenausschnitt des Mädchens. Vielleicht fährt sie doch besser, als er angenommen hat. Die Ladentür geht wieder. Diesmal ein älterer Herr mit schiefsitzender Schirmmütze.

Einer, der sucht und sich lange nicht entscheiden kann, dabei haben sie das Geld sonst so locker sitzen. Martin nickt ihm sofort zu, weil er weiß, daß es besser ist, wenn man ihnen zunickt. Dadurch verringern sich auch die Diebstähle.

»Entschuldigung, haben Sie Schirme?« fragt der Mann.

Martin ist plötzlich glücklich, dieses Mädchen mit ihren katastrophalen Ski vor sich am Ladentisch stehen zu haben. Sie läßt sich von dem Mann nicht stören, der sich danebendrängelt, um die Glasauslage des Ladentisches zu betrachten. Sie gibt ihm keinen Schritt nach. Wenn dieser Mann sein erster Kunde gewesen wäre heute morgen, wäre es ein schlechter Tag geworden. Schirme sind immer schlecht. So was wollen Leute, die Migräne bekommen, wenn es nur zwei Krümel vom Himmel schneit. Er versteht diese Leute nicht, und er versteht nicht, wieso sie überhaupt hierherkommen.

»Wir haben nur einen Typ.«

»Macht nichts. Meine Frau hat ihr'n zu Hause vergessen, da muß sie halt nehm', was da is. Was ham Se denn für ein'?«

Er verkauft dem Mann einen rotkarierten Knirps für vierzig Kronen über dem eigentlichen Preis.

Als der Mann gegangen ist, sagt sie: »Und was glauben Sie, wie lange man braucht, um etwas zu mögen?«

»Etwas?« Vierzig Kronen sind noch kein Tequila, aber wenn ihm das heute noch bei vier weiteren Kunden glückt, wird er am Abend wieder zu Pavel hinübergehen. »Kommt darauf an, was es ist. Mit Alpin kann das schnell gehen, wenn die Kanten scharf sind, meine ich. Für Langlauf oder Snowboard braucht man vielleicht drei, vier Wochen. Vielleicht mehr.« Pavel macht ihm immer einen Extrapreis. Bei ihm kriegt er zwanzig Prozent auf jeden Cocktail, weil Pavel an dem Geschäft mit den Fensterläden mitverdient hat.

»Aber wenn man dann immer noch nicht weiß, ob man es mag? Soll man dann weitermachen oder aufhören?«

»Aber ich denke, Sie mögen es.« Martin hat eine Ecke des Kassenbons eingerollt und bemüht sich jetzt, die Ecke mit dem Zeigefinger wieder glattzustreichen. Der Preis scheint sie nicht besonders zu interessieren.

Sie hat die Handschuhe ausgezogen und dreht an einem Ring, bis der Ring herunterfällt. Sie stoppt ihn mit dem rechten Fuß ab, und als sie sich danach bückt, fallen ihr die Haare über das Stirnband hinaus, und plötzlich sieht sie nett aus, auch wenn sie sich neulich mit den Langläufern so angestellt hat. Vielleicht ist sie eine typische Abfahrerin.

»Ich meine theoretisch«, sagt sie, als sie sich wieder aufgerichtet hat. »Wenn man es dann immer noch nicht weiß, soll man dann trotzdem weitermachen, weil man glaubt, man könnte es vielleicht mögen? Irgendwann, meine ich.«

Er müßte jetzt eigentlich an die Arbeit gehen. Aber er hat beschlossen, freundlich zu sein, und außerdem hat er keine Lust, den ganzen Winter über allein zu Pavel zu gehen.

Er beobachtet, wie sie Geldscheine aus einer Reißverschlußtasche in ihrem Jackenärmel zieht. Die Scheine sind labberig vor Feuchtigkeit. Sie betrachtet jeden einzelnen Schein, bevor sie ein paar davon auf den Tisch neben den Kassenbon legt. Vielleicht macht sie das extra so langsam, weil sie weiß, daß in Ferienorten Leute, die arbeiten müssen, immer allein sind.

Er stützt sich wieder auf seine Knöchel, den Ellbogen leicht auswärts gedreht. Wenn er sie heute abend mitnähme, ließe sich auch das mit den vierzig Kronen wieder gutmachen, die er ihr schon zuviel berechnet hat.

»Es kommt darauf an, was für ein Mensch Sie sind«, sagt er langsam. »Manche übertreiben es. Die machen immer weiter, obwohl sie gar keinen Spaß daran haben. Bis sie nicht mehr können. *Rozumite? Ano!*« Er grinst. »Ich würde sagen –« Dann schätzt er sie ab: ihr Gesicht mit den geröteten Wangen, der starke Nacken und die Leichtigkeit, mit der sie ihn in ein Gespräch verwickelt hat. »Ich würde sagen, Sie wissen schon, was Sie wollen.«

Sie lächelt. Er hat es mit einem Satz getroffen. Es war galant und cool, wie von einem echten *Soulsurfer*, und Pavel wird heute abend beeindruckt sein. Er wird ihn bitten, einen Riesencocktail zu mixen, die zwanzig Prozent geschenkt, und er wird ihn für sie in einen Abfahrerinnencocktail umbenennen. Vielleicht kann er ihr nach ein paar Tagen sogar den *Whirlwind* anvertrauen.

»Das hab ich auch gedacht«, sagt sie. »Aber es ist ein Mißverständnis. Wirklich. Das macht aber nichts. Es ist einfach ein Mißverständnis, so wie jedes andere Mißverständnis der Welt. Sie wollen nur nett sein und sagen etwas, was nicht stimmt oder was ich gar nicht nett finde. Und daraus ergeben sich Mißverständnisse. Dann braucht man sich darüber aber keine Gedanken zu machen, oder? Dann sind die meisten Mißverständnisse der Welt nur da, weil jemand zu jemandem nett sein will. Und ach so, was ich Sie noch fragen wollte«, sagt sie ohne Übergang und fängt wieder an, ihren Ring zu drehen, »war zufällig eine Frau hier? Die von neulich. Als wir wegen der Langläufer hier waren. So eine mit kurzen, schwarzen Haaren und einem grauen Schal?«

Man kann sie nie einschätzen, diese Touristen. Von einer Minute zur anderen ändert sich ihre Stimmung, schneller als der Schnee draußen.

Er geht um die Kasse herum, findet sein Gesicht in der Schaufensterscheibe kühl und beherrscht und nimmt die Ski vom Ladentisch. Der Lift gegenüber steht, obwohl es längst acht ist.

Er trägt die Ski hinüber zur Treppe und sagt gelassen im Vorbeigehen zu ihr: »Also hier gehen viele Frauen mit grauen Schals rein und raus. Und wegen der Ski kommen Sie am besten zwischen vier und fünf heute abend. Das macht zweihundertfünfzig.«

Bei einer runden Summe fallen die vierzig Kronen am wenigsten auf.

Grüße aus Harrachov

Der Schalterbeamte Erik M. Broda, seit drei Wochen pensioniert, aber immer noch mit dem unverwechselbaren Augenzwinkern gegenüber seiner weiblichen Vorgesetzten Simona und teilzeitbeschäftigt, knallt einen Stempel verkehrtherum auf eine Postkarte nach Mainz.

Die Karte gefällt ihm nicht. Er hat in seiner Laufbahn Hunderte solcher Postkarten gelesen. Immer, wenn ihm eine nicht gefällt, stempelt er verkehrtherum. Schlechte Postkarten sind wie weibliche Vorgesetzte; sie plaudern viel aus und vergessen darüber das Wesentliche. Das Wesentliche einer Postkarte ist erstens die Marke, zweitens die Postleitzahl und drittens die Unterschrift. Hier fehlt die Unterschrift.

Er schiebt die Karte unter seinen linken Handballen, so daß er gerade noch die Grußhälfte lesen kann, und zieht sich einen Stapel dicker Umschläge herüber, die noch gestempelt werden müssen.

Der Stempel schwebt in seiner Faust, auf halber Höhe über dem Schreibtisch. So kann er ihn jeden Moment

heruntersausen lassen, sollte Simona überraschend vorbei-
gucken.

Seit sie hier arbeitet, haben sich die Verhältnisse verändert. Vorher konnte er sich darauf verlassen, daß niemand
vorbeiguckt.

> Liebes Haschi, konnte Dir leider keine witzige
> Karte schicken. Es gibt hier nur welche mit Son-
> nenuntergang oder Rübezahl vorne drauf. Dafür
> gibt's Knödel und Palatschinken (superlecker!)
> und schöne wilde Eiszapfen. Trinke mit Evy viel
> Glühwein. Möchte ihr in den Kopf gucken, so,
> wie Du bei mir immer. *Sie* würde das mögen.
> Kann es aber nicht. Gruß unbekannterweise an
> C.! Du bist viel fröhlicher, seit Du mit ihm zu-
> sammen bist. Hast mehr gelacht letztes Mal.
> Möchte gern mal wieder bei Dir sein, ob das
> geht nach all den Jahren?

Die Karte ärgert ihn. Es wäre noch genug Platz gewesen
für die Unterschrift. Noch viel mehr ärgert es ihn, daß die
Karte offenbar ein Mann geschrieben hat. Frauen schätzt
er; als von klein auf vollkommen fertiggestellte Wesen. Sie
helfen ihm, einen Tag von anderen zu unterscheiden. Sie
geben ihm einen Rhythmus vor, wie Simona mit ihren un-
regelmäßigen Abstechern in sein Büro. Aber von Frauen erwartet er keine Genauigkeit. Sie haben uns überholt, denkt
er, einholen werden sie uns nie. Er stellt sich vor, daß sie
zukünftig immer höher stehen werden als er. Schräg über
ihm. Aber sie stehen auf einem Gitterrost, unter dem nichts

ist. Und sie starren immerzu nach unten und können sich vor Angst nicht bewegen.

Erik M. Broda lehnt seinen Kopf zurück. Das Leder der Sessellehne schließt kühl an seinem Nacken an. Als wäre der Sessel seinem Kopf nach geformt.

Der Glaseinsatz der Bürotür färbt sich schwarz, Riffel für Riffel. Erik M. Broda wippt mit dem Sessel nach vorn, knallt den Stempel auf die Karte nach Mainz und fegt sie in den offenen Karton neben dem Schreibtisch.

»Die Briefpost Inland?«

Simona reißt die Tür immer weit auf, wenn sie den Raum betritt. Als würde sie erwarten, daß man ihr den Eintritt verwehrt. Sie trägt enge graue Röcke bis zu den Knöcheln, die ihren Schritt verkleinern. Aber die Pfennigabsätze darunter gleichen das mit ihrer Lautstärke wieder aus. Sie trägt als einzige lange Röcke und Pfennigabsatz, der völlig aus der Mode ist. Die Kellnerinnen und die Verkäuferinnen im *Potraviný* gegenüber tragen Röcke, die nicht breiter sein können als ein genormter, mittelgroßer Briefumschlag, und hautfarbene, glitzernde Strumpfhosen dazu.

»Liegt noch im Sortierer.«

»Wir haben auf der letzten Arbeitsbesprechung festgelegt, die Inlandspost zuerst zu bearbeiten, weil das Geschäftsbriefe sind und das Geschäftliche vorgeht. Waren Sie nicht auf der letzten Arbeitsbesprechung?«

An ihrem Rock steht der letzte Knopf oben offen. Er sieht es nur an der kleinen Beule an ihrer Hüfte, weil sie die Bluse über dem Rock trägt. Er weiß genau, warum sie die Inlandspost zuerst vom Tisch haben will.

»Doch. Ich war da. Ich dachte, die Beschlußfassung

würde erst mit Beginn des nächsten Monats in Kraft treten. Um den Mitarbeitern Gelegenheit zu geben, sich darauf einzustellen.«

»Wir sind hier mit Ihnen vier Mitarbeiter. Und ich kenne keinen außer Ihnen, der einen Monat Zeit benötigt, um sich zu merken, daß die Inlandspost vor den Postkarten bearbeitet werden muß.«

»Um ehrlich zu sein, Simona«, hier macht er eine Pause. »Ich halte nicht so viel von diesem Beschluß.«

»Sie brauchen mir nicht zu erzählen, was Sie davon halten. Es ist bereits mehrheitlich beschlossen worden. Und Sie könnten sich bitte danach richten.«

»Glauben Sie wirklich, daß uns das einen solchen Vorteil bringen soll?«

»Es macht die Verschickung effizienter. Wenn Sie sich nicht so stark auf die Oberbekleidung der Mitarbeiterinnen konzentriert hätten, hätten Sie das bestimmt mitbekommen.«

»Die Verschickung findet über Nacht statt. Es macht keinen Unterschied, ob die Briefe morgens oder mittags bearbeitet werden.«

Es wird warm im Zimmer. Er könnte sich sein Jackett jetzt ausziehen.

»Es macht die Verschickung im Haus effizienter.«

»Die fand ich vorher schon sehr effizient.«

»Erik, Sie haben es gehört. In einer Stunde bräuchte ich die Post unten am Liefereingang.«

Sie ist viel zu schnell weg. Ihr Parfüm ist ein feiner Streifen, der von der Tür bis knapp vor seinen Sessel reicht. Wenn er sich über die Armlehne hinauslehnt, kann er daran riechen. Er hätte gern noch weitergemacht. Dann wäre die Stelle gekommen, an der er ihr zuzwinkert und sie ein ganz klein bißchen rot wird.

Er lehnt sich wieder zurück, die Unterarme auf den Armlehnen, die Hände locker um die Knäufe gebogen. Er wird es nachholen. Er freut sich sogar. Die Stunde, die sie ihm eingeräumt hat, wird ihre Geduld zusätzlich auf die Probe stellen. Und wenn er so dasitzt, das Leder im Nacken, und sich die Wärme vom Rücken her ausbreitet und vor ihm ein ganzer Stapel Postkarten liegt, dann kommt ihm sein Beruf vor wie das, was er schon als Kind machen wollte, als es dafür den Namen noch gar nicht gab.

Investigativer Journalismus.

Briefe öffnet er grundsätzlich nicht. Aber manchmal sind die Umschläge so dünn, daß man sie gut im Gegenlicht lesen kann. Simona schreibt ihre Briefe am Computer, und nur wenn die Druckerpatrone fast leer ist, fällt es ihm schwer, sie zu entziffern.

Erik M. Broda fächert die Postkarten durch seine Hände wie ein Skatspiel und breitet sie vor sich auf der Tischplatte aus. Er holt einen dreifach gefalteten Zettel aus einem Umschlag, den er gewöhnlich in seiner Aktentasche verwahrt. Er hat sich eine Strichliste gemacht. Die Namen auf der Liste sind alphabetisch geordnet, die Datumsangaben stehen in der Kopfleiste.

Er macht sich einen Spaß daraus, zu zählen, wie viele Postkarten jemand in einer Woche verschickt. Damit überbrückt er die Zeit, bis Simona wieder hereinkommt.

Jeden Sonnabend wechseln die Urlauber im Ort, und seine Favoritin von dieser Woche ist Gisela Schmidt. Alle anderen liegen weit abgeschlagen zurück. Gisela Schmidt hat vierzehn Postkarten verschickt, in einer engen Lehrerinnenhandschrift. Zwölf davon sind an ihre vier Kinder gegangen; an jedes drei.

Gisela Schmidt ist eine Frau, bei der er sich das Zwinkern verkneifen würde.

Unter den Kartenschreibern von heute findet er eine, die dreimal das gleiche Motiv verschickt; eine Aufnahme der Sněžka. Der vereiste Gipfel sieht rotglühend aus den Wolken hervor. Er legt die Karten nebeneinander vor sich hin und beginnt mit der linken.

Liebe Mutsch, lieber Paps, hi, George,
grüße Euch aus altbekannter Gegend. Dvoračky und Elbfallbaude stehen noch, stecken aber schon bis zum Hals im Schnee. Aus Rübezahl haben sie eine Touristenattraktion mit falschem Bart gemacht. Sind jeden Tag auf der Piste, und ich hab schon überall blaue Flecken. Müssen deshalb jeden Abend Cocktails trinken; immer noch spottbillig! Alles Gute, Eure Evy. (Eh die Karte ankommt, bin ich wohl längst wieder da.)

Die kleinen Beleidigungen übersieht Erik M. Broda inzwischen. Aus ihnen liest er nur die Probleme, die die Menschen mit sich selbst haben.

Liebe Jacqueline, ein Skiurlaub mit Hindernissen; ganz nach Deinem Geschmack. Oder was würdest Du tun, wenn die eine immerzu etwas anderes will als die andere? Ich glaube, wir kennen uns noch zu wenig. Oder schon zu viel? Sind zwei Jahre Fernbeziehung viel? Aber kaum ist Vera eine Minute weg, beginne ich wieder, an sie zu denken. Hier war ein riesiger Schneesturm, und als ich morgens aufgewacht bin, war sie nicht mehr da, Schuhe auch nicht. Weggepustet. Vielleicht laß ich mich auch einfach wegpusten. Tschüß, E.

Lieber Sebastian, wir haben massenhaft Schnee, die Piste fährt sich wie Sahne, aber ärgere Dich nicht. Nicht alles ist schön. Vorgestern hat uns ein Familienvater gesagt, er würde gern mal zusehen; bei uns, da fehlt doch einfach ein Mann. Wenn der als Vater schon so was sagt: wie erzieht der dann seine Jungs!? Idiot. Leider wohnen sie auch noch in derselben Pension. Und Vera ist seitdem komisch. – Egal. Das ist eine doofe Karte. Schick Dir morgen eine schöne. Bis dann, Deine Evy.

Die Angst, wenn die Frauen da oben auf dem Gitter stehen, läßt sie unberechenbare Dinge tun. Erst reizen und dann verraten sie die Männer. Abhängig ist das nur von den Umständen. Jetzt, findet Erik, darf er die Beleidigung persönlich nehmen. Er stuckert die drei Karten mit den Zeigefingern zusammen, so daß die Kanten übereinanderliegen, und schiebt sie in die Ablage.

Das Telefon klingelt.

Er legt gleich wieder auf. Er möchte, daß sie zu ihm herüberkommt. Am Telefon kann er ihr nicht zuzwinkern.

»Warum gehen Sie nicht ans Telefon, Herr Broda?« Sie ist ein ganz klein wenig lauter als vorhin, und den Knopf hat sie jetzt zugemacht.

»Tut mir leid.«

Sie nickt.

»Haben Sie die Inlandspost?«

»Sie ist noch im Sortierer.«

Seine Stimme klingt traurig, ein wenig schleppend. Er erreicht das, wenn er die vorletzte Silbe langzieht.

Simona steht in der Tür, als hätte sie Zug bekommen.

Er ist sehr gespannt. Aber er hätte das Jackett vorher ausziehen sollen.

»Sie haben die Post fertig gemacht und wieder in den Sortierer gelegt?«

Sie schlägt sich gut. Er lockert den Schlips.

»Nein. Das habe ich nicht gemacht. Warum sollte man Briefe, nachdem man sie abgestempelt hat, wieder in den Sortierer legen?«

»Ich werde mich mit Ihnen jetzt auf keine längere Diskussion einlassen, Erik. Ich möchte wissen, was mit der Inlandspost passiert ist. Das Auto steht unten.«

»Wissen Sie, Simona, ich wollte gerade damit beginnen, als mir auffiel, daß die Touristen sich darüber beschweren, daß es keine witzigen Postkartenmotive gibt. Ich mußte erst mal den Stapel durchgehen und mich überzeugen, daß es tatsächlich so ist. Dauernd nur die Sněžka. Morgens, abends und im Mondlicht. Dann habe ich mich gefragt, was ist eigentlich eine witzige Postkarte? Ich meine damit die Aspekte, von denen es abhängt, ob man eine Postkarte witzig findet oder nicht. Wissen Sie das, Simona?«

Sie hat zweimal versucht, ihn zu unterbrechen, aber er hat sich durchgesetzt. Sie ist hinter seinem Sessel vorbeigegangen, zum Sortierer hinüber, und er sieht, wie sich ihre Wirbelsäule unter der Bluse abzeichnet, als sie sich vorbeugt. Dann richtet sie sich auf, eine Hand in die Hüfte gestemmt.

»Was stellen Sie sich zum Beispiel unter einer witzigen Urlaubskarte vor, die Sie Ihrem Gatten schicken würden? Mal angenommen, Sie wüßten, wo Ihr Gatte sich aufhält, und würden Ihre Tätigkeit hier, rein hypothetisch, versteht sich, als Urlaub begreifen.«

»Ich möchte Ihre Überlegungen keinesfalls unterbrechen, Erik«, sie macht eine Pause, und er registriert erfreut die erste leichte Rötung im Halsausschnitt, »aber sie interessieren hier niemanden. Das Auto unten interessiert sich nur für die Inlandspost.«

»Was halten Sie zum Beispiel davon, den alten und den neuen Chef des *Zlatá Vyhlidka* gemeinsam auf einer Postkarte in der Hotellounge abzubilden? Ihr Gatte gemeinsam mit diesem – wie heißt er noch? Wäre das nicht witzig?«

Er sieht sie wieder an, so traurig, von unten herauf. Und dann kneift er das linke Auge zusammen, zweimal kurz, einmal etwas länger, und stellt sich vor, das wäre eine Böe, die die Frauen da oben auf dem Gitter hastig ans Geländer greifen läßt.

»Sie sind ja ein furchtbarer Witzbold.« Simona streicht sich ein Haar aus der Stirn, das es gar nicht gibt. Sie hat die Haare alle nach hinten weggebunden. »Aber was meinen

Mann angeht, gibt es Dinge, von denen Sie besser die Finger lassen sollten. Man muß nicht jedes Unrecht mit neuem Unrecht vergelten. Sonst nimmt das nie ein Ende. Ich nehme an, Sie wissen sehr genau, wovon ich spreche. Nicht wahr?« Er bemerkt, wie sie auf seine Hände sieht, aber da er sich nicht rührt, ist sie gezwungen, noch etwas hinzuzufügen. »Auch wenn Sie die privaten Meinungsverschiedenheiten zwischen mir und meinem Mann nicht das geringste angehen. Würden Sie jetzt also bitte endlich mit der Inlandspost anfangen?«

Erst schlafen sie mit einem Mann, dann ruinieren sie ihn. Erik weiß sehr genau, daß Simona versucht hat, die Briefe ihres Mannes nach Deutschland abzufangen. Und wahrscheinlich hält sie die Briefe aus Hof, die ans Hotel *Zlatá Vyhlidka* adressiert sind, genauso gegen das Licht wie er und hat deshalb dieses Faible für die Inlandspost entwickelt, mit der sie alle abzulenken versucht.

Simona geht rückwärts aus der Tür, und das Rückwärtsgehen in diesem engen Rock macht ihren Schritt noch ein bißchen kleiner. Aber irgend etwas ist ihm heute mißlungen.

Dabei weiß sie, daß Erik M. Broda mehr weiß, als sie zu denken wagt.

Er fängt ein wenig an zu zittern. Es ist nur ein kleines Zittern, das von den Nerven ausgeht, als würde jemand an seinen Handgelenken drehen. Aber es raubt ihm die Kraft, den Stempel mit voller Wucht heruntersausen zu lassen.

Er zieht seine Jacke aus.

Simona ist ein Fall, für den sich ein investigativer Einsatz lohnt.

Das ist nichts Besonderes in bezug auf das *Zlatá Vyhlidka*. Das Hotel hat in den Jahren nach der Wende schon zweimal den Besitzer gewechselt. Deshalb hat Erik M. Broda auf seiner Weiterbeschäftigung bestanden.

Er hat darauf bestanden, weil man die investigativen Arbeiten außerhalb seines Dienstzimmers nicht erledigen kann.

Manchmal passiert es über Nacht

Es ist spät.

Schon wieder fast dunkel. Und still im Zimmer. Nur die Familie unten streitet.

Es ist zu spät, um noch mal loszugehen. Der Sturm wird stärker. Er hat einen Ast von der Kiefer gebrochen, der jetzt immer gegen das Haus schlägt.

Die Skisachen hängen getrocknet und zusammengefaltet über der Stuhllehne, und für Kaffee ist es auch schon zu spät.

Die Kaffeetassen stehen auf dem Tisch wie Hürden. Zwei Leuchtflächen in der Dämmerung.

Draußen folgen Donner und Blitz kurz hintereinander. Verrückt, daß es im Winter gewittert. Der Schnee wird so dicht, daß man ihn atmen kann.

Es gibt kein Mittel gegen das, was man fühlt, wenn die Nähe zu eng wird.

Vera schiebt mir ihre Füße zwischen die Schenkel, weil sie glaubt, daß ich das will. Sie sagt am Lift, ich soll mich beschweren, weil sie mir die falsche Karte verkauft haben.

Dabei ist es mein Problem, wenn ich den Liftwart jedesmal bitten muß, daß er mich außen an der Lichtschranke vorbeiläßt. Aber lege ich im *Potraviný* das trockene Brot zurück, schämt sie sich plötzlich für mich, weil sie ein Problem damit hat, daß hier alles so billig ist. Ich habe das Problem aber nicht. Sie korrigiert mich, wenn ich Schneekoppe sage. Das heißt Sněžka, schließlich sind wir in Tschechien, und außerdem steht es überall dran, sagt sie, weil sie in einem ihrer Unikurse Toleranz gelernt hat. Dabei kann sie es immer noch nicht aussprechen.

Wenn ich im Bad bin, kommt sie rein, ohne anzuklopfen. Sie stellt sich hinter mich, atmet mir in den Nacken und fragt, warum ich die Klotür zumache, sie hört mich gern pinkeln. Ich mache die Klotür trotzdem zu.

Vera hat die Welt gesehen, und für sie ist die Welt eine schnurgerade Straße, die man von Anfang bis Ende überblicken kann. Ohne Überraschungen. Das stimmt nicht. Aber es ist schwerer zu verstehen, daß es keine schnurgeraden Straßen gibt, wenn sie einem welche hinbauen.

Deshalb erschrickt sie so, wenn jemand die Fassung verliert. Da beharrt sie auf einer Antwort, als würde dadurch alles geklärt. Dabei bin ich dann lieber mit mir allein, oben auf dem Eiffelturm in Paris oder so wie jetzt, wo der Sturm draußen tobt und man spürt, wie die Dinge wieder an ihren Platz rücken.

Die einzige Verantwortung, die nicht illusorisch ist, ist die für sich selbst. Was sollte es sonst bedeuten, daß man vor ein paar Jahren verantwortlich war für Dinge, die es heute nicht mehr gibt?

Wenn Vera so etwas hört, wird ihr Gesicht von innen

ganz leer. Dann glaubt sie, ich würde sie mit Gewalt ausschließen. Dann reicht es nicht, die Hand auszustrecken. Dann geht sie. Für sie wird nie etwas reichen. Sie ist ungeduldiger als ich.

Für mich war in Paris jeder Tag neu. Ich lebte wie in einer Achterbahn, mit Höhen und Tiefen im Magen. Das ist so, wenn man mit einer Geliebten in einer Stadt ist, und man kennt beide noch nicht. Und daß sich die beiden schon kennen, ändert nichts daran. Wir sind die Champs-Elysées abgelaufen, den Triumphbogen, die Glasflure im Centre Pompidou, und Vera hat sich die ganze Woche nur auf eins konzentriert. Sie hat erwartet, bei jedem Schritt zu hören, wie ich ihn gehe, wie ich alles finde und warum. Sonst, hat sie gedacht, muß das ein Vertrauensbruch sein.

Aber das ist kein Vertrauen.

Als wir am Centre Pompidou in der Sonne saßen, hat ihr Gesicht einen Schatten an die Glaswand geworfen, und ich habe das Glas geküßt. Der Kuß verschmolz in der Luft mit dem Schatten. Warum küßt du nicht mich? hat sie gefragt.

Schatz, man soll sich vor sich schützen, muß sonst Leben Hölle sein, schlagen unsere wunden Herzen und auf unsere Köpfe ein.

Krawczyk eignet sich gut, weil er die gleiche Stimmlage hat. Und singt man nicht zu laut, hat man das Gefühl, etwas gemeinsam zu tun. Aber der CD-Player kann sich gegen den Sturm draußen kaum noch durchsetzen, auch wenn ich hemmungslos laut werde.

Der Schnee prasselt gegen die Terrassentür. Inzwischen ist es ganz dunkel.

Vera hat nicht mal Geld mitgenommen. Das Portemonnaie steckt noch in ihrer Jeans.

Es gibt öfter Frauen wie Vera, die die Haare dunkel tragen und unvorsichtig sind, die sich nicht ansehen lassen, ohne zu flirten, und sich darüber amüsieren, wenn es ernst genommen wird. Sie hält die Haare über der Stirn zurück beim Sprechen, wie andere auch. Aber es gibt keine, bei der es so schwierig ist zu erraten, warum sie das tut. Wenn wir uns an dem weißen Tisch in ihrem Zimmer gegenübersitzen, stützt sie einen Ellbogen auf die Tischplatte und hält die Haare zurück, damit ich nicht annehmen könnte, sie wäre schüchtern. Ihre Hände sind schlank, nur die Mittelknochen ein wenig zu breit, das gibt einen festen Griff beim Guten-Tag-Sagen. Darüber hat sie sich amüsiert. Warum gebt ihr euch dauernd die Hand, hat sie gesagt, als wärt ihr ständig dabei, was rauszuschmuggeln.

Sie will mich immer sofort umarmen. Aber in einer Umarmung kann ich sie nicht ansehen.

Vera hat kein Geld mitgenommen und ist seit heute morgen weg.

Das liegt jetzt ungefähr neun Stunden zurück, und Harrachov hat man in einer Dreiviertelstunde durchquert. Selbst wenn sie bis vor zur Tankstelle gegangen ist, müßte sie längst wieder da sein. Der Ast klopft permanent ans Hausdach.

Aber die Bergwacht spricht nur Tschechisch, und mit den paar Brocken kommt man am Telefon nicht weit.

Unter der Terrassentür pfeift der Sturm durch. Die Kiefer ist zerfurcht vor Kälte, wie mein Kopf. Vera hat sich eingegraben darin und wird nicht mehr verschwinden.

Es ist, als stünde sie im Nebenzimmer, blätterte im Reiseführer oder in einem Buch, in dem Spuren zurückbleiben, Abdrücke ihres Fingers auf den Seiten, mit dem sie zuvor an den Regalstaub geraten ist. Sie mag die dünnen Bücher, die man an einem Tag von Anfang bis Ende lesen kann. Das Regal in ihrem Zimmer in Mainz hat sie nach der Dicke der Bücher sortiert, und eines Tages wird es nach der schweren Seite umkippen.

Nebenan ist nichts.

Wie zu Hause, wo nur Sebastian auf seinem niedrigen Holzstuhl sitzt, und ich weiß, sie geht gerade über den Marktplatz von Mainz, über eine Brücke oder durch den Torbogen der Uni, oder sie betritt ein Schuhgeschäft mit einer Ungeduld, die ich keinem zumuten würde. Wenn sie das richtige Paar nicht findet, macht sie die Verkäuferin dafür verantwortlich. Dabei muß sie es viel länger wissen als ich, schon seit der Schulzeit. Es gibt nie das richtige Paar. Und die Verantwortung dafür trägt niemand außer einem selbst. Das ist absurd, aber es ist so. Vertrauen heißt, es auszuhalten, daß die Dinge vorbeigehen.

Ihre Jeans hängt über dem Stuhl. Wenn der Stoff nicht noch feucht wäre, würde ich sie jetzt anziehen. Aber nach der Schneeballschlacht war sie durch. Ich habe sie zweimal anders gefaltet, um die nasse Seite nach oben zu drehen. Die Taschen trocknen am schwersten. Bei der Schneeballschlacht war ich die Russen und sie die Amerikaner, und am Ende haben sich die Amerikaner zuerst ergeben. Wir haben uns mit Cocktails versöhnt. Sie war charmant. Sie kann manchmal sehr charmant sein. Dann hat sie eine leise, kehlige Stimme, auf die mein Körper bestürzend einverstanden reagiert.

Im Schlaf berührten Hoffen verstreicht gewisse Zeit, singt Krawczyk.

Wenn man das Lied nicht auswendig kennt, versteht man den Text kaum noch, so stark ist der Sturm. Man hört nur eine Gitarre, die hart gestrichen wird.

Auch in Paris konnte sie manchmal charmant sein. Es gab eine Szene-Bar, unten am Fluß, die wir erst spät nachts gefunden haben, weil wir uns nicht trauten, den Portier danach zu fragen. Die Bar war klein und ein bißchen schäbig, aber jedes Ding war an seinem Platz. Ich habe uns Sekt geleistet und unser Versteck genossen. Die Frauen trugen T-Shirts und einfache Blusen. Sie waren so gekleidet, wie sie wahrscheinlich jeden Tag zur Arbeit gehen. Der Sekt kam in Saftgläsern, und an der Decke drehte sich eine billige Glaskugel. Aber Vera hat die meiste Zeit enttäuscht am Eingang gelehnt. Sie hatte mir etwas Besseres zeigen wollen und geglaubt, sie meint damit tatsächlich mich.

Der Ast schlägt gegen die Hütte. Der Streit unten hat aufgehört oder ist im Schneesturm erstickt. Der CD-Player läßt sich nicht lauter stellen.

Jetzt legt nur noch das Wetter Geräusche.

Sie kommt da draußen doch um.

Frau Beran hat gesagt, sie wird alles ihr mögliche tun. Aber Frau Beran ist mindestens hundert.

Vera hat kein Geld mitgenommen, keine Karte. Dabei liegen auf meinem Nachttisch gleich zwei. Es sind tschechische, auf denen die kleinsten Weggabelungen penibel eingezeichnet sind. Damit kann man sich hier nicht verlaufen. Aber Vera hat noch kein einziges Mal hineingesehen. Mach du das hier mit den Złotys, sagt sie, sobald sich eine Schwierigkeit auftut, und Karten scheint sie grundsätzlich zu ignorieren. Aber bei dem Wetter hätte eine Karte wohl auch nichts genützt.

Es ist naiv, einfach wegzugehen.

Wenn sie Glück hat, findet sie eine Kneipe. Aber Frau Beran hat gesagt, sie hätte schon alle abtelefoniert. Sie kann auch zum Černá Hora gelaufen sein. Von dort aus führt ein Weg direkt auf den Kamm, der anfangs so aussieht, als wäre es der Rückweg ins Dorf. Auch das weiß sie nicht, daß *černý* schwarz heißt.

Die Nummer der Bergwacht steht auf der Innenseite der Schranktür.

Das Freizeichen dröhnt ewig.

Als endlich jemand abhebt, sind meine Angaben unzureichend. Frau Beran hat das gleiche vor einer Stunde schon erzählt. Sie haben bereits zwei Fahrzeuge über die Pisten und eine Patrouille durch den Ort geschickt. Mehr können sie bei dem Wetter nicht tun. Eine genaue Richtungsangabe wäre dringend nötig.

Wenn Vera so verschwindet wie heute morgen, sagt sie nie, wohin sie geht. Sie sagt nur, sie braucht Zeit für sich. Ihren Freiraum, wie sie das nennt. Schon zwei Tage mit mir allein sind ihr zuviel. Als gäbe es für sie nur zwei Aggregatzustände. Sobald es nicht siedendheiß geht, will sie weg. Dann läuft sie hinaus in den Schnee oder kommt plötzlich auf den Gedanken, mit der Familie unten loszuziehen, obwohl ich weiß, daß ihr das Geschrei auf die Nerven geht. Draußen hört man's doch nicht so, sagt sie. Und ist knapp an der Grenze zum Beleidigtsein, wenn ich nicht mitkommen will. Denn plötzlich ist ihr eingefallen, daß sie mir neben ihrer Unabhängigkeit auch gleich noch ihre Liebe damit beweisen kann. Sie glaubt, weil die Leute *von hier* sind, so wie ich, würde sie mir einen Gefallen tun, wenn sie mir vorschlägt, mit ihnen Ski zu fahren. Es gefällt mir aber nicht. Sie hat sich inzwischen allerdings so in den Gedanken hineingesteigert, daß sie das für die kategorische Ablehnung ihrer Liebe hält.

Sie verwechselt sich zu oft mit anderen. Sie scheint immer davon auszugehen, daß das, was sie im Kopf hat, für alle Menschen stimmt.

Der Ast klopft. Durch die Terrassentür ist nichts zu sehen. Aber man kann sich vorstellen, wie der Ast immer wieder aus dem Gelenk gerissen wird.

Von der Jeans geht noch ihr Duft aus, dünn, und nur wahrnehmbar, wenn man sich dicht darüberbeugt. Mein Atem schlägt vom Stoff zurück wie ein stürmischer Kuß.

Sie hätte wenigstens einen Zettel dalassen können.

Das macht sie immer so. Sie setzt eine störrische Miene auf und glaubt, damit kann sie etwas erreichen. Sie glaubt, man wäre eine Reiz-Reaktions-Kette. Das kann sie gern bei mir im Labor haben. Jeden Tag. Vielleicht glaubt sie auch, wenn man Gefühle nicht formuliert, hat man keine. Wenn man Sorgen nicht zeigt, macht man sich keine. Dann glaubt sie den allergrößten Blödsinn, seit wir zusammen sind.

Es hat keinen Sinn, jetzt nach draußen zu gehen. Der Sturm würde einen sofort mit sich reißen, und der Schnee dringt in Nase und Augen. Es müßte doch eine Verbindung geben, die einem sagt, wo die Geliebte ist. Aber es gibt keine. Es kann alles mögliche passiert sein, und es gibt einfach keine.

Das Display des CD-Players leuchtet vom Nachttisch herüber. Sonst ist die Hütte voller Schatten. Licht würde nur zeigen, wo sie fehlt. Auf dem Stuhl, mit der Kaffeetasse, am Kamin, auf dem Fußboden, an der Terrassentür. Im Bad und im Bett.

Das sind die Sehnsüchte, seit ich sie kenne. Sie glaubt, ich hätte sie nicht. Dabei sind es Sehnsüchte, die ich nur unter der Bettdecke sagen kann, wenn sie gerade das Licht ausgemacht hat. Die Haut wird weit, als würde sich der Raum darin sammeln, und jedes Wort wirft Schatten wie ein Mensch. Man dreht sich um in die Nacht und hat keine Ruhe, mit ihrem Atmen im Rücken. Und dann sagt man es schließlich doch, im Dunkeln, weil man sich dann weniger ausgesetzt fühlt.

Dahin, wo sie es am liebsten hat. Am oberen Ende der Falte am Po.

Und wie dann die Nacht nachgibt und aufgesprengt wird mit dem Geräusch von Küssen. Es sind späte Sehnsüchte. Aber Vera fragt ohne Zögern am hellichten Tag danach, in Paris, vorgestern, gestern abend und heute morgen. Dabei könnten sie schon unter dem Druck zweier Fingerspitzen zerbrechen.

Ich würde jede einzelne davon aufgeben, nur um zu wissen, wo sie jetzt ist.

Ohne zu bedauern

Hellrot steigt der Morgen hinter den Fahrzeugen hoch. Oleg wundert sich, daß es immer noch stürmt, obwohl die Sonne scheint, bis er feststellt, daß der Sturm in seinen Ohren ist. Daß seine Ohren den Sturm aus der Erinnerung produzieren.

Die Sonne legt sich über den Schnee, und je höher sie steigt, desto kürzer werden die Schatten, die die Fahrzeuge werfen, und der Schnee sieht so gleichmäßig aus, als hätte ihn jemand nach einer Zeichnung verteilt. Nichts ist verwüstet, die Schneedecke liegt wie mit einer Wasserwaage gezogen da. Zum ersten Mal seit der letzten Nacht legt Oleg Dlouhy das Funkgerät aus der Hand.

Der Schnee zeigt, daß die Macht nicht bei ihm liegt.

Oleg nimmt die Packung mit Filtertüten aus dem Spind, und bevor er die Kaffeemaschine einschaltet, sieht er noch einmal lange durch die Fensterscheibe, die nach dieser Nacht frisch geputzt ist. Den Kaffeefilter hält er wie ein Jojo, mit den Spitzen von Daumen und Zeigefinger.

Jirži kommt über den Hof gerannt. Er zieht eine schiefe Spur hinter sich her durch den Schnee, weil er nicht weiß, wo der Weg ist. Als erstes müssen sie die Fahrzeuge ausgraben.

»Auch 'n Kaffee?«

Jirži läßt die Tür hinter sich offen.

»Vosečka und Dvoračky sind verschüttet. Wir brauchen zwei Hubschrauber, ruf den Arzt an und schick mir zwei Leute mit. Wenn niemand da ist, mußt du mit.« Er schnallt sich die Ausrüstung um und zieht das Rettungsseil vom Holz. Dann bleibt er kurz stehen.

»Eine ganz schöne Nacht, was?«

»Der Arzt ist doch schon unterwegs.« Er drückt Jirži den Kaffeefilter in die Hand und geht nach hinten, um nachzusehen, ob noch jemand von der Reserve da ist. Jirži selbst hat heute nacht die Notaufnahme in Tanvald verrückt gemacht, aber die haben einen Großteil der Hubschrauber in die Hohe Tatra geschickt, wo es viel schlimmer sein muß.

Sein Funkgerät piept.

»Was? – Nein. Geht nicht. Wir haben hier keinen Platz mehr. Ruf im Kino an, vielleicht können sie den Saal freimachen.«

Im Ruheraum findet er drei Leute und schickt sie los.

»Ja! Das Kino! Besser, als noch Stunden auf den Krankenwagen zu warten. Die Leute müssen erst mal warm gehalten werden.«

Jirži hat den Filter neben die Maschine gelegt, das Kaffeepulver ist auf den Tisch herausgerutscht. Er sammelt es in seine linke Hand und pustet den Rest weg.

Dann setzt er sich auf den Holzstuhl an der Wand des Büros.

Die Frau neben ihm auf der Liege atmet gleichmäßig. Das kurze schwarze Haar ist an den Schläfen feucht vom Schweiß, vielleicht träumt sie von letzter Nacht. Er hört ihnen beiden beim Atmen zu und genießt es, für einen Moment an gar nichts zu denken. Nur das Fauchen der Kaffeemaschine und das Klappern der Ausrüstung, die die Reserve-Leute hinten für ihren Einsatz vorbereiten, stört noch die Stille im Kopf. Dann wird die Frau neben ihm wach, als fühlte sie sich von ihm beobachtet. Sie richtet sich auf, und er sieht die sekundenlange Verwunderung, bevor sie begreift, wo sie ist. Sie stützt sich auf den Ellbogen. »Hat jemand angerufen? Hat sie jemand benachrichtigt?«

»Wen meinen Sie?«

»Pension Beranu. Haben Sie da nicht angerufen?«

»Legen Sie sich bitte wieder hin, bis der Arzt da ist.«

»Sie müssen da anrufen.«

»Haben wir längst. Die Angehörigen werden von uns sofort verständigt.«

»Meine Freundin?«

»Ja. Ihre Freundin auch.«

»Aber meine Freundin ist ja keine Angehörige.«

»Wie heißt sie?« Das fragt er nur, um sie zu beruhigen. Für Jirži sind diese Anrufe Routine.

»Evy.«

»Ja«, sagt er, »wir haben Ihre Freundin auch verständigt.«

»Dann ist gut«, sagt die Frau, legt sich wieder auf die

Liege zurück und verschränkt die Hände über dem Bauch. Ihre Finger haben jetzt eine normale Färbung.

Oleg schaltet die Kaffeemaschine aus. Dann nimmt er die Wattejacke aus dem Spind.

»Machen Sie sich keine Sorgen«, sagt er, »draußen sieht es aus wie im Märchen, und Sie sind ganz in Ordnung.«

Gestern nacht mußten sie die Frau vollständig ausziehen und mit Handtüchern warmrubbeln. Die Füße hatten bis zur Ferse hin diese typische gelbliche Färbung.

»Wann war das, als Sie angerufen haben?«

Oleg knöpft die Jacke zu und fragt sich, ob sich die Frau daran erinnern kann. An was sie sich überhaupt erinnern kann.

»Jiržy, wann hast du Beran angerufen?«

»Gegen drei«, ruft Jiržy von draußen, der vorhin schon todmüde aussah und jetzt noch einen Einsatz fliegen muß, und niemand weiß, wann es aufhört. Jiržy ist einer von denen, der die Anekdote für wahr hält und deshalb immer als letzter aufhören würde.

»Dann ist gut«, sagt die Frau. »Ich dachte nämlich schon, ich hab alles verpaßt.«

Die Leute von der Reserve kommen nacheinander herein und holen sich ihre Jacken aus dem Spind.

Jiržy ist der einzige von ihnen, der sich traut, bei Frau Beran anzurufen, obwohl das alles lange zurückliegt und von ihnen damals keiner älter als fünf war. Oleg erinnert sich zwar daran, aber die meisten Erinnerungen sind nicht seine. Manchmal glaubt er, einen 20-Tonner mit beweglichem Geschütz auf der Karlsbrücke gesehen zu haben, aber dann sind es nur die Bilder aus den Erzählungen seiner Eltern.

»Ich hab sie überhaupt noch nicht kennengelernt«, sagt die Frau auf der Liege.

»Ja?«

»Und jetzt würde ich gern alles besser machen.«

Sie sagen alle dasselbe, wenn sie aus dem Schnee kommen. Als würde der Schnee auch die Menschen gleichmachen, wenn er sie einmal unter sich versteckt hat. Oleg hat schon schlimmere Fälle gesehen als die Frau, die vielleicht drei Stunden in dem zwei Meter tiefen Loch saß. In seiner Ausbildung hat er Menschen gesehen, die nicht bewegt werden durften, sonst hätte ihnen das eisige Blut das Herz lahmgelegt, und andere, denen er mit den Fingern Schnee aus dem Mund gekratzt hat, weil sie kurz vorm Ersticken waren. Er hat das Tödliche einer Staublawine im Hochwinter begriffen, und er kennt die Verstecke des Schnees inzwischen besser als jeder andere. Er weiß, daß sich um die Schneestangen auf Kammwegen Löcher bilden, die zu Fallgruben werden, weil der Schnee dort nicht nachrutscht. Sie sind so tief, daß man allein nicht wieder herauskommt.

»Es war gut, daß Sie Ihren Handschuh nach oben rausgeworfen haben. Das war eine gute Idee«, sagt er der Frau, während er zusieht, wie sich die Männer fertigmachen. Auch oben, rings um die verschütteten Bauden, wird der Schnee ganz gleichmäßig aussehen.

»Hab ich das?«

»Ja.«

Hinterher sagen sie trotzdem alle dasselbe.

»Sonst hätte ich Sie nicht finden können. Wenn Sie den Handschuh nicht aus dem Loch geworfen hätten, hätte ich Sie nicht gesehen. Sie waren ja mindestens zwei Meter tief unten.«

Draußen gibt Jirži das O.K.-Zeichen, dann rennt er zum Hubschrauber hinüber und verschwindet im Schneewirbel, den der Propeller hochzieht. Jirži achtet penibel darauf, daß immer mindestens drei Hubschrauber einsatzbereit sind. Er würde sich sogar gegenüber Anfragen aus den Alpen behaupten. Das ist seine Art, mit der Anekdote umzugehen.

»Naja«, die Frau schiebt eine Hand unter den Kopf, als draußen der Hubschrauber abhebt. »Wenn man da unten sitzt, sieht man alles verkehrtherum, und da kommt es einem vor, als hätte man eigentlich immer alles nur verkehrtherum gesehen, und man muß nur aus diesem Loch heraus sein, und dann sieht man alles zum ersten Mal richtig.«

Oleg kennt nur die Oberflächen vom Schnee. Er weiß, wie Firn, Harsch oder Sulz aussehen und daß man frischen Schnee, der zu neunzig Prozent aus Luft besteht, am besten mit Sondierstangen abgeht. Gestern nacht hat er fast den ganzen Kammweg ablaufen müssen, um sie zu finden.

Aber er weiß nicht, wie es ist, unter dem Schnee zu sein.

Die Menschen, die er rauszieht, sind nicht unglücklich. Nicht in den ersten Momenten. Sie sind sogar so, als könnten sie es gut noch eine Weile dort unten aushalten. Die Frau hat gelächelt, als er sie an den Händen hochhievte, und er hat sich gefragt, ob sie seine Mühe nicht ungeheuer komisch und unnötig finden muß.

Erst später, wenn sie warm sind und wieder eine Tasse Tee in der Hand halten können, werden sie dankbar oder rührselig und glauben, jetzt würde sich alles ändern. Sie verstehen nicht, worum es geht, und wollen ihr ganzes Leben wieder gutmachen. Sie haben die ersten Momente vergessen und werden auch vergessen, was sie tatsächlich bedeutet haben.

»Und was sehen Sie jetzt?«

Die Frau auf der Liege antwortet nicht. Vielleicht denkt sie, daß er ihre Antwort nicht verstehen würde, und vielleicht hat sie recht. Vielleicht erwartet er zuviel. Unter dem Schnee zu sein, müßte mit dem Gefühl übereinstimmen, die Anekdote nicht mehr hören zu müssen. Sie einfach vergessen zu können.

»Der Arzt wird bald dasein, und dann können Sie gehen.«

»Wo haben Sie mich überhaupt gefunden?«

»Unterhalb des Černá Hora. Wissen Sie nicht mehr, wie Sie dahin gekommen sind?«

»Keine Ahnung. Sah alles gleich aus.«

Oleg geht hinaus in den Schuppen, wo die Geräte untergebracht sind, und nimmt sich Schaufel und Kratzeisen. Er beginnt, die Türen des Traktors freizulegen, und schippt dann den Schnee von den Rädern weg. Er wundert sich immer noch, wie ordentlich alles daliegt. Nur dort, wo er mit der Schippe gewesen ist, sind Spuren entstanden, die die weiße, glitzernde Fläche, unter der der Parkplatz und der angrenzende Rasen verschwunden sind, unterbrechen. Jiržys Fußstapfen zeichnen sich vor der Haustür ab.

Frau Beran war überhaupt nicht aufgeregt, hat Jiržy heute nacht gesagt, nachdem er den Telefonhörer aufgelegt hatte. *Sie vertraut uns. Ich glaube wirklich, daß sie uns vertraut.* Er hatte gelächelt, trotz der Meldungen, die dauernd über beide Funkgeräte hereingekommen waren und für die sie dreimal soviel Leute gebraucht hätten, um sie unverzüglich zu bearbeiten.

Jiržy ist ein guter Partner, und einer, mit dem er am liebsten Nachtdienst hat, vor allem, wenn die Nacht so ist wie die letzte.

Aber die Frage ist, ob die Anekdote, wenn Jiržy damals schon älter gewesen wäre, nicht trotzdem zu jedem von ihnen gehören würde, so, wie sie jetzt zu jedem von ihnen gehört. Die Frage ist nicht, ob Herr Beran damals überhaupt zu retten gewesen wäre. Das ist die Version, auf die sich die offiziellen Stellen im Laufe der Jahre geeinigt hatten. Sondern die Frage ist, ob es Jiržy oder ihm oder irgend jemandem beim Grenzsicherungsdienst gelungen wäre, sich den Befehlen zu widersetzen. Und weiter, und an dieser Stelle bleibt Oleg jedesmal hängen, ob der plötzliche Schlaganfall tatsächlich der Grund der Befehlsverweigerung gewesen wäre oder nicht vielmehr nur ein Vorwand, um sich einem derartigen Militäreinsatz zu entziehen.

Der Propeller des zweiten Hubschraubers springt an und sprüht Oleg feinkörnigen Schnee über die Unterarme und ins Gesicht. Vosečka und Dvoračky sind verschüttet, das Kino wird freigeräumt, und Jiržy ist unterwegs.

Aber das ist die Antwort, die Jiržy darauf hat.

Reihenfolge stimmt nicht, Die

Pavel wirft die Jacke auf den Garderobenständer. Sie bleibt mit ausgebreiteten Armen hängen wie eine Vogelscheuche. Er grinst und schnipst gegen das Holster mit der 9-Millimeter. Dann geht er hinter die Bar, zieht die Schublade auf und nimmt einen Schlüssel heraus. Mit dem Schlüssel geht er an einen Glasschrank, schließt auf und greift nach dem Buch. Das Buch ist innen hohl, eine Schachtel, und er wechselt den Schlüssel mit dem in der Schachtel aus. Damit geht er zurück zur Schublade und öffnet die Kasse.

»Hallo.« Eine Frau kommt herein, nicht geschminkt, nicht schön, mit für seinen Geschmack zu kurzen, schwarzen Haaren, aber doch mit einem Lächeln, das nicht übel, sogar fast aufregend aussieht. Er hat sie vor ein paar Tagen schon gesehen. Sie nickt ihm zu und geht zu dem gleichen Tisch hinüber, an dem sie vor ein paar Tagen saß.

»*Haló.*«

Er schnappt sich eine der Karten und bringt sie zu ihr an den Tisch. Dann schaltet er die Stereoanlage ein und die beiden Fernseher rechts und links oben an der Wand, ohne

Ton. Er sucht nach einem deutschen Sender, und als Special Agent Dana Scully in ihrem strengen Kostüm erscheint, läßt er beide Fernseher auf diesem Programm laufen. Er nimmt die silberne Schaufel aus dem Eimerchen unter der Spüle, kontrolliert, ob genügend Eis da ist, läßt die Schaufel dann in der Eisbox stecken und kickt die Tür mit dem Fuß wieder zu, wobei er Schwung holt für die Drehung zum Kaffeeautomaten. Manche trinken hier tatsächlich nur Kaffee.

Scully ist in Aufregung geraten, und er starrt eine Weile auf ihre Wangen, die sich nach innen stülpen, wenn sie aufgeregt ist. Sonst hat sie ein Gesicht, das sich nie ändert.

Als er den Kaffeeautomaten anwirft, kommt ein neuer Gast. Wieder eine Frau, diesmal sehr hübsch, aber leider zu korrekt für seinen Geschmack. Sie hängt ihre Jacke über den einzigen Bügel an der Garderobe, sieht sich um, als könnte sie sich nicht entscheiden, und geht dann an den hinteren Tisch am Fenster. Aber auch sie war schon mal da. Während er Gläser umdreht, die von gestern noch auf dem Kopf im Abtropfbecken stehen, fällt ihm ein, daß sie beide gemeinsam da waren, zwei Deutsche mit unverkennbar sicherer Entscheidung für Gin.

Jetzt sitzen die beiden an getrennten Tischen und tun so, als würden sie sich nicht kennen. Dabei ist er sicher, daß sie sich das letztemal noch gekannt haben. Vorgestern oder am Tag davor. Sie haben beide das gleiche bestellt, in einem gemeinsamen Glas, so daß er ihnen den Cocktail in einem Bierglas servieren mußte, weil er nichts Größeres hatte. Jetzt sieht die eine auf den Bildschirm und dreht an ihrem Ring, während die andere die Karte checkt, und sie kennen sich nicht mehr.

Die Reihenfolge stimmt nicht. Ein Leben ist keine Serie, wo man wie bei den deutschen Ausstrahlungen von *Akte X* die Episoden durcheinanderbringen kann.

Vielleicht wollen sie mit ihm spielen. Sie tun so, als würden sie sich gerade kennenlernen, und glauben, sie könnten ihn dadurch verwirren. Er grinst.

Er schnipst einen alten Kassenbon unter die Theke, schnappt sich wieder eine Karte und bringt sie zu der anderen an den Tisch. Eva oder wie sie heißt. Sie müssen sich kennen, denn er erinnert sich, daß sie von der am anderen Tisch so angesprochen worden ist. Während Eva liest, geht er hinüber und nimmt dort, die Arme auf dem Rücken verschränkt, mit halbgesenktem Kopf die Bestellung entgegen. Sie wollen mit ihm spielen. Aber er wird so tun, als wäre nichts. Lange werden sie das nicht aushalten.

»Ich nehme diesen *Zeléna louka*, bitte!« Mit der Bestellung im Kopf läuft er zurück hinter die Bar, registriert einen kurzen Blick der einen zur anderen hinüber, den diese nicht erwidert, und schraubt die Flasche mit Bananenlikör auf. Es ploppt, als er das Eisfach öffnet. Er gräbt Eiswürfel auf die Schaufel, läßt sie ins Glas klacken, und mißt dann zwei Zentiliter Bananenlikör ab. Der unterste Würfel wird gelb. Den Schwapp Curaçao macht er per Augenmaß und ohne das Glas dabei abzusetzen.

Bevor er mit Orangensaft auffüllt, sieht er kurz zu den Frauen hinüber, weil er sich wegen der Tetrapacks schämt. Aber die eine beobachtet Scully und die blauen Schatten einer Leichenschaukammer auf ihrem Gesicht, und die andere blättert noch in der Karte. Er mag es nicht, wenn sie Scully in Leichenschaukammern zeigen.

Als er den Tetrapack ankippt, geht ihm die Hälfte daneben. Er hat die Ecke zu groß abgeschnitten. Er klemmt das Glas unter den Rand der Theke und wischt den Saft mit der Handkante hinein. Sonst hat er am Ende wieder zu viele Packs verbraucht. Dann schiebt er sich das Tablett auf die rechte Handfläche und balanciert es mit erhobenem Arm zu der einen hinüber. Ihr Schal liegt auf dem Tisch, und er legt ihn vorsichtig zur Seite, um das Glas abzustellen.

Auf dem Rückweg nimmt er die Bestellung der anderen auf, ebenso ernst, mit halb gesenktem Kopf. Wenn er ihren Drink eine Weile verzögert, hat sie nichts zu tun, und sie werden es nicht mehr lange aushalten.

Auf dem Weg zur Theke hört er die Tür aufgehen.

Er wirft die Karte auf den Tresen, bückt sich nach dem Shaker, fährt in die Eisbox. Dann hört er, wie jemand auf ihn zukommt. Jemand, der seinen Mantel gar nicht erst ausgezogen hat.

Pavel schafft es, den Shaker ohne Geräusch auf der Emaille abzusetzen.

Er wartet, bis Ivan ihm direkt gegenübersteht, auf der anderen Seite der Theke.

»Machst du'n hier?«

»Wollte mal sehen, ob's dir gutgeht.«

»Ach so.« Pavel sichert nach rechts und links, bevor er weiterredet. Das einzige, was sich bewegt, ist die Farbe auf den Bildschirmen. »Das haben wir doch abgemacht. Du kannst hier nicht einfach so reinplatzen!«

»Schieb mal nicht gleich so 'ne heiße Kugel.«

»Nicht so laut.«

»Machste mir 'n Drink?«

»Jetzt?« Seine Hände sind plötzlich klitschnaß.

»Klar jetzt! Oder meinste, ich mach erst 'n Rundgang durchs Haus? Kenn ich doch alles in- und auswendig.«

»Setz dich hin und sei ruhig. Halt die Klappe.« Er sieht nach hinten zu den beiden Frauen, die immer noch getrennt an ihren Tischen sitzen.

»Was hast'n da?« Ivan streckt die Hand nach ihm aus und klappt Pavel das Kellnerjackett zurück. Er grinst. »Schick!«

»Setz dich hin!«

»Is ja gut.« Ivan nimmt die Hände hoch und klemmt sich auf den Barhocker. »Würd die Kanone aber abmachen beim Arbeiten.«

»Noch einen Monat, ich schwör's dir, einen Monat noch. Und dann fahr ich erst mal nach Australien, und alles läuft wie am Schnürchen.«

»Und dein Job?«

»Die haben mich hier doch sowieso nur wieder genomm wegen meim Bruder. Wie der seinen Arsch ins trockene gebracht hat! Fährt jetzt 'ne schwarze Limo mit Holzverkleidung.«

»Regierung?«

»Was guckst'n da so?«

»Nichts. – Machste mir jetzt 'n Drink?«

Er kann ihm keinen Drink machen. Die Flasche würde ihm sofort aus der Hand rutschen.

»Whisky?«

»Wie in alten Zeiten.«

»Hör auf.«

Pavel bückt sich nach der Whiskyflasche, und als er einschenkt, klirrt der Flaschenhals gegen den Glasrand.

»Dafür hätt ich dich glatt gefeuert.«

»Bist aber nicht mehr der Chef hier.« Pavel stellt die Flasche ab. »Warum bist'n überhaupt hier?«

Es ist komisch, daß die beiden Frauen getrennt sitzen. Plötzlich scheint ihm das verdächtig. Sie könnten sich abgesprochen haben, und es scheint, als hätte das eine ungeahnte, aber für ihn keineswegs angenehme Bedeutung.

Er sieht, wie die eine ihren Schal abnimmt. Sie wickelt ihn langsam vom Hals, dabei hatte sie ihn längst abgenommen. Vor zehn Minuten hat er schon auf der Tischplatte gelegen. Vielleicht geht das Spiel ganz anders.

Er deutet mit dem Kinn nach Ivans rechter Schulter. »Hast *du* die mitgebracht?«

Aber schon an der Art, wie Ivan sich umdreht, kann er erkennen, daß er falsch liegt, und ist für einen Moment beruhigt. Dann denkt er, daß es vielleicht besser gewesen wäre, Ivan hätte sie mitgebracht.

»Ich war in Hof«, sagt Ivan.

»Du warst da? Bei ihm?«

»Hochsicherheitstrakt, das ganze Haus.«

»Siehste. Ich schwör's dir, das is'n Schluffi. Hab ich immer gesagt.«

Die Frau am hinteren Tisch winkt. Wenn sie tatsächlich mitspielen, dann sollte er besser jetzt aufpassen. Er weiß nicht mal mehr, was sie bestellt hat.

»Und? Du hast ihn endlich weichgekriegt.« Er tut, als hätte er das Winken nicht gesehen, und merkt sich, daß er nachher beim zweiten Mal so tun muß, als sähe er sie zum ersten Mal winken.

»Er macht nicht mit.«

»Was?«

»Er zahlt nicht!«

»Er zahlt nicht.«

»Genau.«

»Alter! Jetzt hör mal zu. Jetzt hör mir mal genau zu.« Pavels Stimme ist trocken, als würde sie aus ihm herausbröseln wie ein zerkrümelter Bierdeckel. »Du sagst doch nicht im Ernst, daß der ganze Scheiß hier umsonst war. Das sagst du doch nicht, was. Daß du deine ganze Arbeit, die du hier reingesteckt hast, die ganze Arbeit, die läßt du dir doch von so einem bayrischen Schluffi nicht einfach kaputtmachen? Den läßt du doch nicht hier dick die Kohle einsacken und ziehst Leine? Das gibt's doch gar nicht!« Scully bekommt ihren skeptischen Blick, mit angehobenen Augenbrauen und schmalem Mund. Es ist ihr bester. Pavel konzentriert sich. »Hör mal, Ivan. Willst du damit sagen, daß ich mich hier vier Jahre wegen so 'nem scheißbilligen Orangensaft anmachen lasse und dabei noch ruhig bleiben muß, damit ja nichts auffliegt, und dann war das alles umsonst? Das sagst du doch nicht, oder?«

»Genau das.«

»Daß Australien gestorben ist?«

»Genau das.«

»Daß ich also den scheißbilligen Orangensaft hier verkaufen kann, bis ich abkratze, und wenn ich Glück hab, dann spendiert mir jemand wenigstens 'ne Urne?«

»Ja, Mann!«

»Hast du ihm die verdammten Kopien nicht *gezeigt*?«

»Die sind ihm egal. Weißt du, was er gesagt hat: Schicken Sie's doch dem Bundesgerichtshof. Wem werden sie dort wohl eher glauben? Ihnen oder mir? Der hat alles rausgefunden. Der weiß alles über mich. Und ich muß jetzt meinen Arsch retten.«

»Und da trägst du deinen verdammten Arsch gerade zu mir rein, als wär ich deine verdammte Mami? Dabei weißt du ganz genau, daß sie mich hier auf'm Kieker haben!«

»Es war *deine* Idee. Verdammt noch mal! Steuerhinterziehung! Das interessiert keine Sau!«

»Nicht so laut!« Bei den beiden Frauen hat sich irgend etwas verändert. Er kann nicht genau sehen, was los ist, wegen Ivan davor, der den Kopf in den Händen hält. Sie sitzen noch getrennt, aber irgendwas ist anders. Die eine hat aufgehört, ihren Ring zu drehen, und sie sehen sich manchmal verstohlen an und denken, er würde es nicht bemerken. Es scheint sogar, als hätten sie sich auf etwas geeinigt. Und plötzlich weiß er sogar, worauf. Er hat es glasklar vor Augen, er muß dafür nicht noch einmal zu ihnen hinübersehen. Man zählt eins und eins zusammen, und schon hat man es raus. Ivan war vor ein paar Tagen in Hof. Die beiden sind vor ein paar Tagen hier zum ersten Mal aufgetaucht. Sie sprechen deutsch. Und daran, worauf das hinausläuft, denkt er jetzt lieber nicht.

Er beugt sich vor und flüstert Ivan zu: »Also gut. Es war meine verdammte Idee.« Auf Ivans Stirn sind winzige Schweißperlen in die Druckstellen seines Hutes gelaufen. »Weil ich dir helfen wollte. Aber jetzt ist meine Idee verdammt noch mal zu Ende, o.k.? Vorbei. Ich hab dir gesagt, zieh mich da nicht rein. Das war die Abmachung, Ex-Boß gegen Boß. Ich bin nur Laufbursche, schnipsel die Briefe, sonst gar nichts. Und wenn er ordentlich abdrückt: zwanzig Prozent.«

»Großartig, deine Idee.«

»Ach! Früher ist dir das nicht aufgefallen. Wieso weiß der überhaupt, was du vorher warst?«

»Weiß ich doch nicht. Vielleicht hat jemand gesungen.«

Ivan dreht sich um. Er muß sich mit einer Hand an der Theke festhalten, um nicht vom Hocker zu rutschen. Die Hand ist weich, die Finger sind dick, das Fett drückt sie eng aneinander. Erstaunlich, daß so eine Hand überhaupt etwas halten kann.

»Simona nicht da?« Ivan greift nach einem Bierdeckel und zerkrümelt ihn auf der Theke.

»Woher soll die'n wissen, daß du grade heute kommst. Natürlich ist sie nicht da.«

»Ich muß sie mitnehmen.«

»Scheiße, Mann, die hat hier 'n Job.«

»Ich liebe sie.«

»Ach! – Liebe? Das ist für dich doch nur wie 'n Scheißwetterbericht. Mal is'n Tief und mal scheint die Sonne. Ich sag dir, die hat hier 'n Job.«

»Is mir egal, ob sie 'n Job hat, ich will sie mitnehm. Sie ist meine Frau.«

Er muß jetzt sofort am hinteren Tisch bedienen. Aber er weiß die Bestellung nicht mehr. Irgendwas mit Rum. Er greift nach dem hellen Bacardi, läßt ein Zwei-Zentiliter-Glas vollaufen und schüttet dann noch ein bißchen mehr nach.

Eine von beiden ist aufgestanden, Eva oder wie sie heißt. Hinter Ivans Kopf kommt sie jetzt direkt auf ihn zu. Sie wird ihm ausrichten, daß es sich erledigt hat. Gefeuert. Endgültig. Und das ist noch das geringste Übel.

Er knallt das Glas auf die Theke, bückt sich zum Eisfach und rammt die Schaufel in die Eiswürfel.

Als er sich aufrichtet, sieht er Scully, die steif in einem Auto sitzt und nachdenkt. Das erkennt man nicht an ihrem Gesicht, nur an der Haltung ihrer Hände auf dem Lenkrad. Und er spürt, wie Eva sich von der Seite nähert. Oder wie sie heißt.

Vielleicht war es auch was mit Gin.

»Hol sie«, sagt Ivan.

»Was?«

»Du sollst sie herholen.«

Die Eiswürfel rutschen ins Glas, eine Orgie klackender Steine. Schön klingt das, fast wie Geld.

Die Frau geht einen Bogen durch die Bar. Sie geht an ihm vorbei. Sie bleibt nicht vor ihm stehen. Sie geht hinter Ivans Rücken vorbei, als hätte sie es sich überlegt, und hinüber zu dem Tisch, an dem die andere sitzt. Sie lächeln sich an. Sie zeigt auf einen Stuhl, als wäre es der einzige freie Platz, und fragt, ob sie sich dazusetzen darf.

Pavel ist sicher, daß sich die beiden Frauen besser kennen, als er Ivan jemals gekannt hat. Am Glas sind Abdrücke seiner feuchten Hände, und er wischt das Glas an der Hose ab.

Wenn er ihnen den Drink serviert, muß er etwas machen. Er hat keine Ahnung, was, aber etwas. Ob sie es merken oder nicht. Es ist nur wegen der Dankbarkeit. Daß er mit dem Spiel, das sie spielen, nichts zu tun hat.

»Du spinnst ja«, sagt er zu Ivan.

»Hol sie her. Du weißt, wo sie ist.«

»Schhht. Die beiden da drüben!«

»Na und? Mich haben sie eh' schon. Und wenn du sie jetzt nicht holst, steckst du sowieso mit drin.« Ivan schwitzt stärker. Es tropft unter seinem Hut hervor, als er sich vorbeugt. »Ich schwör's dir.«

»Entschuldigen Sie. Ich habe hier auch noch andere Gäste«, sagt Pavel laut. Er füllt das Glas mit Orangensaft auf, ohne einen Tropfen danebenzuschütten, stellt das Glas auf das Marlborotablett und schiebt sich das Tablett auf den Handteller.

»Sachte, Herr Barkeeper.« Ivan ist vom Hocker heruntergerutscht und verstellt den Weg. »Du hast genau gehört, was ich dir gerade gesagt habe, oder? – Dann steckst du auch mit drin.«

Das Tablett schwebt oben, am anderen Ende der Welt, gleich neben Scullys Gesicht.

Ivan ist kleiner als er. Pavel überlegt, wie die blauen Schatten einer Leichenschaukammer auf Ivans Gesicht aussehen würden. Er überlegt, wie lange es dauert, das Tablett abzusetzen und unter dem Jackett das Holster zu öffnen.

»Sie ist oben bei mir«, sagt er dann. »Ich sag ihr Bescheid.«

Ivan nickt. Er streckt die Hand aus, und Pavel spürt einen halbherzigen Druck auf dem Unterarm. Er schiebt sich an Ivan vorbei.

Als er serviert, bleibt er so gelassen wie möglich. Er macht einen Strich auf demselben Kassenbon, auf dem er vorhin den *Zeléna louka* notiert hat.

Er fragt sich, wie sie das machen, daß es aussieht, als kennten sie sich tatsächlich nicht und könnten noch mal von vorn anfangen.

Als er sich wieder umdreht, ist Ivan verschwunden.

Das Whiskyglas steht noch da. Und er weiß, Ivan wird draußen so lange warten, bis er Simona Bescheid gesagt hat.

Zlatá Vyhlidka, denkt er, und zum ersten Mal denkt er nicht daran wie an den beliebigen Namen eines Hotels. Zum ersten Mal denkt er an die Bedeutung. *Zlatá Vyhlidka – Goldene Aussicht.*

Schnee macht nicht naß

»Is aber heute kühler hier als gestern.« Eduard Schmidt wickelt sich aus dem Badehandtuch. »Oben oder unten?«

»Oben kriegst du doch wieder Herzrasen.«

»Deshalb frag ich ja.«

Als Gisela sich an ihm vorbeidrückt, rutscht ihm das Handtuch zu Boden, und er klemmt es zwischen dem großen Zeh und dem mittleren fest und wirft es mit Schwung auf den unteren Lattenrost. Auf den Trick ist er als Junge schon stolz gewesen.

»Viel zu kalt. Das sind doch keine neunzig!« Er tastet die Holzlatten ab. Dann sucht er an der Wand nach einem Thermometer, findet aber keins. Nur die Sanduhr. Er kippt sie um.

»Früher hätten sie uns hier gar nicht reingelassen.«

Gisela sitzt schon oben, die Füße auf dem Ofengeländer abgestützt, wo der Masseur die Handtücher trocknet. Sogar im Winter lackiert sie ihre Fußnägel.

»Immer die gleiche Leier.«

»Is doch so. Früher hätten sie dich nicht mal hier auf'n Parkplatz gelassen.«

»Trotzdem sind das keine neunzig. Aber zwanzig Kronen fürs Handtuch könnse uns abknöppen.«

Eduard rückt sich zurecht. Die Holzlatten sind heiß, und das Handtuch ist viel zu klein. Seine rechte Pobacke ragt auf das Holz hinaus. Er muß schief sitzen, um sich nicht die Haut zu verbrennen.

Der Elektroofen knackt. Die Steine oben drauf sind trocken, und es riecht nur schwach nach Kräutertee. Der letzte Aufguß muß schon eine Weile her sein.

»Hast du dir schon überlegt, wann wir am Sonntag von Rosi wegfahren?«

Wenn Gisela die Beine bewegt, zieht es kühl in seinen Nacken. Er setzt sich noch ein Stück schräger.

»Hm.«

»Müßtest du dir noch mal überlegen.«

Er atmet aus.

»Is ja nur von Sonnabend auf Sonntag, und daß wir den Abstecher machen, haben wir lange genug versprochen.«

Langsam kommt der Schweiß, zuerst am Rücken und auf der Stirn. Er merkt, wie er unter dem Haaransatz kleine Bläschen bildet. Es kitzelt.

»Am liebsten würd ich ja gleich halb zehn losmachen.«

Gisela lächelt jetzt, das weiß er, auch wenn nur das Knacken des Ofens zu hören ist. Ihre Füße neben ihm auf dem Geländer sind noch so trocken wie die Steine.

»Da werden wir uns wohl gerade das Boot angucken«, sagt sie.

»Die Galeere!« Eduard läßt sein brummiges Lachen hören, bei dem ihm ein Tropfen in den Mund rinnt. Er wischt sich mit dem Unterarm über die Lippen, schmeckt aber nur noch stärker den Schweiß.

»Eduard!«

»Wat denn?« Das mag sie nicht. Wenn er berlinert. »Hatta 'n Haufen Maloche und Schweiß rinjesteckt, jeden Sonntach am Boot rumjefriemelt, und dann kommta nich zum Fahrn, weil seine Rosi mit diesem Dingsbums jedet Wochenende uff'n See rausmachen muß. Dit is doch würklich nüscht.«

»Die Rosi ist sechsundfünfzig!«

»Wenn du mit deim Zahnklempner plötzlich aufs Bootfahren kommst, dann würdste von mir aber was hören.«

»Der Herr Liebmann ist zweiunddreißig.«

Draußen geht eine Tür. Vielleicht der Masseur, der den Aufguß macht. Eduard verlagert das Gewicht auf die andere Pobacke.

»Früher hätten se eim auch nicht das Geld so aus der Tasche gezogen. Da wärste so reingekomm. Hundert Kronen für jeden, plus Handtücher – Und wat soll dit überhaupt heißen, sechsundfünfzig.«

Auf Giselas Schienbein läuft ein Tropfen. Er beobachtet, wie er Zickzackwege um die Haare herum nimmt, die ganz borstig geworden sind vom vielen Rasieren. Natürlich weiß er, was das heißt; sechsundfünfzig.

Draußen geht eine Dusche an, und eine Mädchenstimme springt, vom Wasserstrahl erschreckt, zurück. Die Duschen sind lauwarm.

Er wundert sich, daß der Masseur nicht auftaucht.

Gisela da oben scheint inzwischen gut zu schwitzen. Auch ohne Japanisches Heilpflanzenöl. Und vorhin das Theater, weil sie glaubt, die Tschechen hätten immer noch nichts zum Aufgießen. Er hört, wie sie die Luft durch die Lippen zieht. Wie auf der Piste, wenn sie die Kurve nicht kriegt und der Tal-Ski vom Körper weggrätscht.

Als die Saunatür aufgeht, kommt ein kalter Luftstrahl mit. Er spürt ihn an den Unterarmen, die er auf die Oberschenkel gelegt hat. Es dauert eine Weile, bis die Wärme dorthin zurückkehrt.

Es ist nicht der Masseur. Er hört Geflüster von zwei Mädchen, aber er sieht nicht auf. Sauna ist Schwerstarbeit. Er betrachtet die glänzende Rinne am Bauchansatz, da, wo sein Oberkörper einknickt. Aus dem Augenwinkel sieht er ein schmales Knie.

»Hältst du das aus?« Das eine Mädchen hat sich neben ihn gelegt, parallel zum Ofen. Sie ist noch naß von der Dusche und hat ein größeres Handtuch, ein viel größeres als er. Wenn sie mit angewinkelten Beinen daliegt, paßt sogar ihr Kopf noch drauf.

»Klar. Nur meine Ketten sind heiß. Hätte ich abmachen sollen.«

»Ich denk, die machst du nie ab.«

»Mach ich auch nicht, aber sie sind verdammt heiß. Autsch.«

Gisela sagt nichts mehr. Er sieht, wie nur immer mehr Schweiß an ihren Fußknöcheln neben ihm ankommt und von dort auf den Boden tropft. Wenn sie ihre Füße ein bißchen weiter vorschieben würde, gäbe das fast einen Aufguß. Improvisation, denkt er und fühlt sich auf einmal ziemlich gut. Das andere Mädchen muß rechts oben neben Gisela sitzen.

»Aber wenn du sie nicht abmachst, hast du bald Brandmale in der Haut.«

»Quatsch.«

»Doch. Das Metall wird doch heiß.«

»Heißt das, du magst mich nicht mehr? Ich meine, wenn dich schon Brandmale stören und überhaupt?«

»Och, Vera. Fang nicht schon wieder an!«

»Schscht«, macht seine Frau in seinem Rücken, und wenn er jetzt oben gesessen hätte, hätte er sie von hinten gegungst.

»Entschuldigung«, sagt das Mädchen neben ihm. Sie ist höchstens fünfundzwanzig, und so, wie sie aussieht, wird es eine Weile dauern, ehe sie anfängt zu schwitzen.

Spielverderber, denkt er zu seiner Frau hoch.

Der Ofen knackt. Es ist eine Weile still, und er lauscht, ob er den Masseur hört. Eine Massage wäre jetzt nicht schlecht, eine, die richtig in die Muskeln greift, nicht so vorsichtig, wie Gisela das immer macht; als wäre er aus Meißner Porzellan. Aber Massage kostet extra.

Die Luft trocknet ihm den Mund aus, und eigentlich sollte er das erste Mal nicht so lange drin bleiben.

Er dreht sich zu Gisela um. Sie hat den Kopf an die Wand gelehnt und die Augen geschlossen.

Er sieht kurz auf das Mädchen daneben. Sie hält ihre

angezogenen Knie umarmt und sieht auf einen Punkt zwischen den Füßen. Eine schöne Tochter. Nicht ganz so schön wie die unten neben ihm. Aber es hätte ihm schon gereicht. Mit kurzen Haaren und kräftigen Oberschenkeln. Gleich von klein auf hätte er sie ans Skifahren gewöhnt. Beim Langlauf hätte er sie im Schlitten an einem Geschirr aus Riemen hinter sich hergezogen, aber sobald sie hätte laufen können, hätte sie eigene Ski von ihm bekommen. Nicht diese Kinderspielzeuge aus Plaste, sondern richtige; Atomic oder Rossignol. Die hätte er schon irgendwo gebraucht aufgetrieben. Er kann ja sehen, wie schnell die Kleinen das draufhaben. Gehen kaum in die Knie dabei und fahren sicherer im Schuß als jeder Erwachsene.

»Oje. Ich glaub, ich muß sofort hier raus.«

Er hört, wie sie sich rechts hinter ihm aufrichtet. Dann sieht er ihre Füße einen nach dem anderen neben seine angehobene Pobacke treten, die Tür geht auf.

»Ich glaube, ich komme mit.« Das Mädchen neben ihm stößt beim Hinausgehen gegen sein Knie und entschuldigt sich wieder. Von außen drückt sie die Tür zu, und er sieht ihre Stirn in dem kleinen Glasfensterchen.

Seine Frau über ihm zieht Luft durch die Lippen.

»Eduard!«

»Wat denn? Ich habe geguckt, ob wir auch rausmüssen.«

»Die hat die Sanduhr aber nicht zwischen den Brüsten hängen.«

Er ignoriert das und wartet, bis er draußen die Duschen nicht mehr hört. Dann steht er auf.

»Woll'n wir mal?«

Er zieht das Handtuch vom Lattenrost und drückt die Tür auf. Der Duschraum ist leer, und er muß eine Weile vor der ausgeschalteten Dusche herumtanzen, weil die Lichtschranke seinen Körper nicht wahrnimmt. Dann klatscht ihm das kalte Wasser auf den Bauch. Er läßt es sich über das Gesicht laufen und über die Schultern, wischt mit den Händen unter den Achseln entlang und geht dann hinüber zum Tauchbecken. Das Wasser im Becken ist eisig wie im Gletschersee. Er taucht kurz, spürt das Ziehen in der Vorhaut und steigt schnell die kalte Metalleiter wieder hoch.

Im Ruheraum hat Gisela schon zwei Liegen ergattert und die Laken ausgebreitet. Daneben liegen die Mädchen. Zwei schmale Bündel.

Eduard läßt das Handtuch mit Absicht fallen, um noch einmal den Trick mit den Zehen zu machen, eine Hand vor dem Geschlecht. Gisela ist zum Glück noch mit den Laken beschäftigt.

Er kriegt das Handtuch sofort zu fassen, ohne sich anzustrengen. Mit einem schönen hohen Schwung fällt es ans Kopfende der Liege, und als er sich in das Laken wickelt, sieht er kurz nach, ob die Mädchen den Wurf auch gesehen haben. Das hätte er seiner Tochter auch beigebracht. Es ist praktisch, man braucht sich nicht zu bücken, und es kann immer passieren im Leben, daß man sich mal nicht bücken kann.

Aber die eine hat die Augen mit dem Arm verdeckt, und den Kopf seiner schönen Tochter dahinter kann er nicht sehen.

Als er liegt, riecht er immer noch sauer. Er kann es sogar

durch das Laken hindurch riechen. Trotz der Seife und des ganzen Schwitzens. Er dreht sich vorsichtig von den Mädchen weg und rutscht näher an seine Frau heran. Das Leinentuch umschließt nicht vollständig ihre Hüfte, und sein Handrücken stößt gegen nackte Haut.

»Huu, bist du kalt«, macht Gisela, ohne die Augen zu öffnen. »Übernimm dich nicht. Hast du dir jetzt mal überlegt, wann wir von Rosi wegfahren?«

»Vera?«

»Hm.«

Er lauscht auf die Stimmen der Mädchen. Vera hätte er seine Tochter nicht genannt, aber ihre Stimme gefällt ihm.

»Hast du die Ketten tatsächlich immer um?«

»Hm.«

»Und? Hattest du schon mal Brandmale davon?«

»Ich war noch nie in der Sauna.«

»Was? Du bist heute zum ersten Mal in der Sauna?«

»Stell dir vor.«

»Vielleicht gegen halb drei«, sagt Eduard. Er würde jetzt sonstwas drum geben, ein Deo da zu haben. Er stellt sich vor, wie sein Geruch langsam zu den Mädchen hinüberkriecht und sie verscheucht.

»Und wieso? War das bei euch so teuer?«

»Nee. Dieser ganze Fitneßkult. Wollt ich nie.«

»Aber Sauna ist toll. Erst recht im Winter! Ich mach das total gerne.«

»Deshalb bin ich ja auch mitgekommen.«

»Ich dachte, weil dir bei deiner Nachtwache alles abge-froren ist. Also rein gesundheitsmäßig.«

»Jaja –«, macht seine reizende Tochter und dreht sich auf die Seite. »Das auch. Außerdem war's keine Nachtwa-che.« Eduard kann ihr Ohr sehen, eine schön geschwun-gene Rundung, die in ein weiches Ohrläppchen ausläuft.

»Sondern?«

»Naja, so was wie eine Prüfung.«

»Wie in einem deiner Indianerseminare?«

Das Ohr seiner Tochter verschiebt sich nach oben, als würde sie das Gesicht verziehen. Aber sie antwortet nicht. Auch die andere liegt jetzt auf der Seite und ist noch ein Stück weiter von ihm weggerutscht.

»Laß uns nachher noch mal runtergehen, oder?« sagt Gisela. »Wir können ja vorher bei uns noch mal richtig duschen –« Das ist eine Bosheit, denkt er. »– und ich mach mir die Haare, und dann gehen wir noch gemütlich was essen, oder?«

Er hat verpaßt, was jetzt bei den Mädchen passiert ist. Sie glucksen vor Lachen.

»Ich geh noch mal rein«, sagt er und verschwindet im Saunaraum, wo es immer noch kaum über neunzig Grad sein können. Diesmal setzt er sich nach oben.

Als die Tür aufgeht, ist es nicht seine Frau. Auch nicht der Masseur.

Die Mädchen denken, er hat die Augen zu. Aber er hat sie nicht zu. Er kann die beiden in einem verschwomme-nen Streifen durch seine Lider sehen. Sie setzen sich nach unten, einander gegenüber. Sie haben aufgehört zu lachen, sie scheinen sogar sehr ernst zu sein. Er würde alles darum geben, seiner Tochter jetzt ins Gesicht sehen zu können. Aber sie dreht ihm den Rücken zu.

Als sie den Kopf vorbeugt, sieht er nur, daß ihr Nacken voller Leberflecken ist. Sie beugt den Kopf immer weiter vor, bis er auf den Knien der anderen liegt. Die streicht ihr durch die Haare und greift mitten in die Ansammlung der Leberflecken hinein, bis seine Tochter sich so dicht am Körper der anderen wieder aufrichtet, daß ihre Haare die nasse Haut streifen.

Dann muß er die Augen aufmachen, weil ihm der Schweiß an den Lidern hängt. Genau in dem Moment drückt die andere seiner Tochter plötzlich einen Kuß in den offenen Mund.

Er sieht in das Gesicht der jungen Frau, die ihn ruhig und direkt anguckt, während sie küßt. Sie küßt seine Tochter in den Mund.

Sie sieht genau, daß er denkt, daß sie seine Tochter küßt. Sie lacht sogar. Ihre Lippen sind ganz verschoben. Sie lacht ihn aus, während sie immer weiterküßt.

Er wendet seinen Blick vorsichtig und so beiläufig wie möglich der Sanduhr zu.

So langsam, daß er fürchtet, sein Hals könnte knarren.

Als Gisela hereinkommt, sitzen die Mädchen schon wieder mit über den Knien verschränkten Armen da.

Ihm ist heiß, und er ist froh, daß das hier drin nicht auffällt. Er weiß nicht, wie er aufhören soll, sich das vorzustellen. Gisela hat es geschafft. Sie denkt nicht mehr daran, und er erzählt ihr schon lange nicht mehr, wie er wieder heimlich eine Tochter adoptiert hat.

Erst als sie draußen im Ruheraum sind und die Mädchen unter der Dusche, sagt er: »Die haben sich geküßt.«

»Hier. – Dein Laken.«

»Ehrlich. Die haben sich gerade da drinnen geküßt. Kurz bevor du kamst.«

»Deshalb mußt du doch nicht gleich so hinstarren. Das wollte ich dir heute schon auf der Piste sagen. Alles, was unter sechsundfünfzig ist, starrst du an.«

»Kannste wenigstens im Urlaub mal damit aufhören?«

»Is nur so auffällig.«

»Brauchst dich ja nicht wundern, wenn ich lieber mit jemand anderm Lift fahre.«

»Ach, Eduard.« Jetzt hat sie wieder diesen neuen Ton drauf, den ihr seine Ärzte empfohlen haben. »Wenn's dir Spaß macht. Es darf dich doch nur nicht so aufregen.«

Er sagt nichts mehr, liegt noch ein paar Minuten unter seinem Laken und geht dann noch einmal kurz in den Saunaraum. Der Masseur kommt nicht.

Er freut sich an der Hitze, dem Knacken des Ofens und dem Schweiß auf Bauch und Oberschenkeln. Die Mädchen sind weg.

»Ich nehm heute die Lendchen«, sagt er beim Anziehen, froh, daß der Geruch des Deos noch in seinen Sachen hängt.

»Du weißt doch, Eduard: Fleisch –«

»Zartrosa angedünstet«, unterbricht er sie mit Nachdruck. »Früher hätten wir das nicht haben können, und jetzt, wo wir's haben können, soll ich's nicht haben? Außerdem warn wir den ganzen Tag an der frischen Luft!«

Sie nickt. Dann klemmt sie die Fingerspitzen ihrer rechten Hand unter die Metallkuppe des Schirms und zieht den Knirps mit einem Klacken auf.

»– einmal die Woche, aber nicht öfter. Du weißt doch.«

Er hält ihr die Tür auf.

»Wozu schleppst'n eigentlich immer diesen blöden Schirm mit?« sagt er. »Schnee macht schließlich nicht naß!«

Unerkannt bleibt man in Rio

Für Cara J. Loup

Adina hockt sich aufs Bett und schabt den Nagellack mit einem kleinen Messer von den Nägeln. Sie ist sehr aufgeregt und setzt das Messer schief an, und Nagellackstückchen spritzen durch den Raum.

Ihre Mutter hat den Nagellackentferner mit zum Spätdienst genommen, und jetzt muß sie das mit dem Messer machen, weil sie sich mit lackierten Nägeln nicht an den Laptop setzen kann. Sie benutzt die stumpfe Seite des Messers, und es dauert viel zu lange.

Sie muß dringend nach Rio.

Sie denkt an ihre Freunde, die wöchentlich wechseln. An den Mann mit dem Bart aus dem Restaurant an der Benzinpumpe. Der bleibt immer. Aber der ist zu alt. Der versteht nicht, was sie liest und denkt und tut, wenn es draußen wieder schneit, oder was sie in Rio gemacht hat. Auch das mit dem blauen Auto würde er nicht verstehen, sonst könnte sie jetzt einfach zur Benzinpumpe hinuntergehen und es ihm erzählen.

Ihre Freunde trifft Adina auf der Piste oder in einer der

vier Discos. Jeden Sonntag geht sie zur Disco, weil Samstag Anreisetag ist und die interessanteren Leute erst am Sonntag zur Party gehen. Es ist nicht schwer, Freunde zu finden; Urlauberkinder sind für jede Abwechslung dankbar. Und Adina kennt die heimlichen Pfade, die Schleichwege am Fluß entlang, und sie weiß, wie man die Barkeeper herumkriegt. Den Orangensaft trinkt sie immer auf Kosten des Hauses.

Sie hat schon so viele Freunde gehabt, daß sie sie nicht mehr auseinanderhalten kann. Nur manche erkennt sie im nächsten Jahr noch wieder und führt sie stolz den Barkeepern vor, die dann lächeln und eine Runde spendieren, zur Feier des Tages.

Die Barkeeper wollen von ihr nie etwas dafür. Sie wollen nicht mal mit ihr ins Bett, obwohl sie sich jetzt immer die Lippen schminkt, wenn es ihre Mutter nicht sieht.

Adina schabt den Ringfinger frei.

Sie hat noch eine andere Sorte von Freunden. Für die heißt sie nicht Adina Scheijbal. In Rio ist sie der letzte Mohikaner, auch wenn niemand weiß, was dahintersteckt. In Rio nennen sie sich Captain Kirk oder Sunflower, ZP oder Darth Vader.

Sie mag es, wenn ein Name das Geheimnis des einen Lebens im anderen Leben aussprechen darf.

Die Freunde aus Rio wechseln nicht. Aber dafür hat sie die noch nie gesehen. Dazu bräuchte sie eine Video-Kamera, und die ist zu teuer, hat ihre Mutter gesagt. Aber wenn sie Glück hat, bekommt sie die Kamera vielleicht zur Konfirmation.

Adina arbeitet jetzt am kleinen Finger der rechten Hand. Das ist schwierig, weil das Messer zu groß ist. Es rutscht leicht ab und kann die Haut verletzen.

Sie schabt den Lack immer weg, wenn die Urlaubswoche um ist. Zum letzten Mohikaner paßt kein Nagellack. Auch Lippenstift würde nicht passen. Sie geht nach Rio und plaudert mit ZP. Sie stellt sich vor, ZP hat einen langen Schweif, silberne Haare, die sie im Zopf nach hinten bindet. Mit ihr knobelt sie aus, ob man als letzter Mohikaner den Stamm überhaupt noch vor dem Untergang retten kann.

ZP schlägt immer vor, Kinder zu kriegen, aber sie will keine Kinder. Außerdem kann sie keine Kinder bekommen, solange sie die Kamera nicht hat. Jemand, den man nicht sieht, könnte nur Kinder kriegen, die man auch nicht sieht, und damit würde der Stamm nicht gerettet.

Darth Vader schlägt ihr vor, sie solle einfach alle Feinde ausrotten. Dann überlebt ihr Stamm die anderen, und das ist so gut wie jede Rettung. Aber sie hat gar keine Feinde. Eine Woche ist zu kurz, um sich Feinde zu machen.

Auf dem Nagel des kleinen Fingers sind noch ein paar rote Streifen zurückgeblieben, aber das dauert ihr jetzt zu lange. Sie legt das Messer weg und zieht sich den Laptop auf den Schoß.

Sie klappt den Deckel hoch und wartet auf das Schnarren, das sie mit Rio verbindet.

Inzwischen faltet sie die Nagellackkrümel in ein Taschentuch und schlägt ein Bein unter.

Sie muß dringend mit den Spice Girls sprechen.

Das Kästchen nach Rio öffnet sich wie ein Torbogen.

»Hallo, Mohikaner, schön, daß du da bist! Ich hab's mir schon in der Lounge bequem gemacht. Bei einem himmlischen Frühstück. Aber bei dir muß längst Mitternacht sein, oder?« Sie verhalten sich immer so, als wären sie nur einer. Dabei sind sie zwei, das weiß Adina genau. Das haben sie ihr in der ersten Nacht in Rio gestanden. Sie haben ihr gesagt, wie unterschiedlich sie sind, und weil sie es nicht sein wollen, haben sie sich einen gemeinsamen Namen gegeben, und jetzt denken alle, sie wären nur einer. Man kann sie auch nur gemeinsam treffen.

Die Spice Girls wissen, wie das ist, wenn der Name ein Geheimnis aufdeckt, das man im anderen Leben nicht verrät.

»Ich war unterwegs«, tippt sie.

»Unterwegs? Höre ich da eine Reihe von spannenden Abenteuern heraus, Schätzchen? Ich hoffe, du hast uns keine Schande gemacht.«

»Nein. Es war –« Ihr fällt kein Wort dafür ein.

»Was ist denn, Mohikaner? Du bist ja ganz sprachlos. Was ist los?«

Letztes Jahr hat sie die Spice Girls im Ort gesehen. Sie sind Hand in Hand die Hauptstraße entlanggegangen, haben vor der großen Liftkarte gestanden, und dann hat die eine der anderen einen Tee gekauft, ohne ihre Hand dabei loszulassen.

Sie weiß, daß das eine mit dem anderen nichts zu tun hat, daß man nur entweder Adina oder der letzte Mohikaner sein kann. Sie hat die beiden auch nicht angesprochen.

Aber als sie sie da auf der Hauptstraße gesehen hat, war sie auf einmal sicher, daß es die Spice Girls sind.

Sie ist ihnen gefolgt, in großem Abstand, um sie nicht zu verjagen oder böse zu machen. Unter ihren Mützen sahen sie fast gleich aus, genauso, wie sie immer sein wollen, und Adina hat sich vorgestellt, mit ihnen zu reden, wie der Mohikaner redet, und sie dann zu den Barkeepern zu führen, damit sie den Orangensaft kostenlos bekommen.

Die beiden auf der Hauptstraße waren nicht die Spice Girls. Sie waren viel älter als Adina und Urlauber wie alle anderen, in ihren dicken Skianzügen und Schals.

Sie hat sie nicht angesprochen. Aber jedesmal, wenn sie die Spice Girls in Rio traf, konnte sie sie vor sich sehen, Hand in Hand auf der Hauptstraße.

»Hallo, Mohikaner, warum antwortest du nicht?«

Adina sucht nach den Buchstaben auf der Tastatur. Dann fährt sie mit dem Daumen über die Leertaste.

Sie sind wieder da. Sie fahren ein blaues Auto. Sie sind in Harrachov, während Adina in Rio ist, und wohnen gleich um die Ecke, wie im letzten Jahr. Ihre Fußstapfen im Schnee könnten die gleichen sein, die sie vorher getreten hat.

»Ich habe euch gesehen!«

»Was sagst du?«

»Ich habe euch heute im Dorf gesehen. Hier bei mir.«

»Aber du weißt doch, du kannst mich gar nicht sehen. Was redest du da?«

»Ich habe heute zwei getroffen, auf der Straße, die waren im letzten Jahr schon da. Sie sind so wie ihr.«

»Aber nichts ist wie ich!«

»Doch! Wollt ihr wissen, wie sie sind?«

»Ich bitte darum. Sind sie schön?«

»Sie sind sehr schön. Nur ihr Auto ist ziemlich dreckig.«

»Das macht nichts, Mohikaner, ein Auto sagt noch gar nichts. Aber was ist mit ihnen? Und wo, sagst du?«

»Hier in Harrachov. Genau da, wo ich wohne. Sie haben mich in ihrem Auto mitgenommen.«

»Schätzchen, wo liegt Harrachov? – Jetzt unterbrich doch nicht dauernd!«

Die Spice Girls sind immer zwei, sie können es nicht verbergen. Der letzte Mohikaner grinst und schlägt auch das andere Bein unter.

»Erzähl mehr«, sagt das Schriftkästchen auf dem Bildschirm.

»Ich war auf dem Weg zur Post. Und hinter mir kommt ein Auto den Berg hoch. Ich hab es von weitem gehört, weil in dem tiefen Schnee die Räder durchgedreht haben. Der Weg ist schmal, und ich bin zur Seite und hab gewartet, daß es vorbeifährt. Aber das Auto hat angehalten, direkt neben mir. Jetzt wollen sie wieder den Weg wissen, hab ich gedacht. Und dann verstehen sie's wieder nicht, und die Post macht um fünf zu. Und wegen der Scheiben habe ich sie ja nicht gleich erkannt, war alles verschmiert. Aber sie haben ein Fenster runtergekurbelt, und ich bin dann doch nicht mehr zur Post.«

Adina hält die Finger still, weil darunter die Gesichter auftauchen, wie sie im Auto saßen, das Auto auf halbem Berg, die Handbremse angezogen. Wie sie durcheinandergeredet haben, so wie die Spice Girls, zwei Frauen, von denen die eine so blond ist, daß man die Haare kaum sieht.

Im letzten Jahr hat Adina ausgekundschaftet, wo sie wohnen. Dann hat sie sich zwei Mäntel übereinandergezogen und ist zur Pension hochgestiegen. Sie hat unten vor ihrem Fenster gestanden, halb hinter einer Kiefer verborgen, und den Mund mit der Hand bedeckt, damit ihr Atem sie nicht verriet. Sie hat beobachtet, wie das Licht oben am Fenster wechselte, und wenn das Fenster gekippt war, wehte die Gardine ein Stück heraus. Sie hat so lange gewartet, bis ein Schatten hinter dem Fenster zu sehen war. Dann hat sie sich den Schatten genau eingeprägt und ihn mit nach Hause genommen. Sie hat ihn mit ins Bett genommen und nachts mit den Schatten gespielt. Der Schatten der einen hat gesagt, *warum mag ich dich so*; in einem halbdunklen Raum, mit dem Rücken zur anderen und ohne sie anzusehen. Die andere hat nichts darauf gesagt, nur ihr Kopf bewegte sich langsam immer näher auf die Schulter vor ihr zu. Und den Moment, in dem die eine der anderen das Haar aus dem Nacken streichen wollte, hat Adina ganz lange angehalten.

Ganz kurz vor der Berührung.

Und damit ist sie am nächsten Morgen wieder aufgewacht.

»Ja und? Wieso bist du nicht mehr zur Post?«

Einmal hat sie es sogar geschafft, unbemerkt auf die Terrasse zu kommen und von draußen ins Zimmer zu sehen. Sie saßen am Kamin. Sie hatten die Beine ineinander verschränkt, über ihre Körper flackerte das Licht der Holzscheite.

Adina ist damals sehr vorsichtig gewesen; die beiden sollten nicht wissen, daß sie hier draußen saß und zusah, ganz aufgeregt und dünnlippig im Dunkeln, aus Angst vor der Umarmung und dem ersten Kuß.

Als sie sich küßten, konnte es Adina im ganzen Körper spüren, bis zu den Härchen. Als würde sie aufgehoben von dem Kuß, als wären die beiden auf sie zugekommen, hätten sie an der Hand mit sich genommen, und sie hätte nicht fragen müssen, wohin es geht.

»Hallo, Mohikaner, bist du noch da? Erzähl! Was haben sie gemacht?«

Adinas Zeigefinger blutet. Sie hat sich das Nagelbett aufgerissen und drückt den Finger ins Taschentuch mit den Lackresten.

»Geht gleich weiter!« tippt sie mit der linken Hand.

Sie haben gar nichts gemacht, denkt sie und steigt noch einmal in das blaue Auto. Sieht noch einmal alles wie heute nachmittag. Den Dreck an den Scheiben und die Köpfe der beiden vor sich. Ihre Augen konnte sie abwechselnd im Rückspiegel sehen, je nachdem, wie weit sie auf dem Rücksitz nach rechts oder links rutschte. Und nach jedem Anfahren trafen sich ihre Hände wieder über dem Knüppel der Gangschaltung. Sonst haben sie nichts gemacht, nur geredet. Aber Adina erinnert sich an jedes Wort, als wären sie hier im Zimmer und würden es noch einmal wiederholen.

Woran denkst du?

Was mit mir passiert ist.

Was ist denn passiert? Du hast dich verlaufen und bist in ein Schneeloch gefallen.

Aber vielleicht hab ich die ganze Zeit nach nichts anderem gesucht –

Nach einem Schneeloch?

Nein! Nach diesem Gefühl. Als ich da drin saß und wußte, allein kommst du hier nicht raus, keiner sucht nach dir und du kannst auch nicht rufen, der Schnee schluckt ja alles, du hast nur die Schneewände ringsrum, da fängst du an zu glauben, das wäre alles eins, du und der Schnee. Wo du warst, ist plötzlich nichts mehr. Absolut nichts. Es ist still und schwarz. Es ist Glück.

Adina zieht den Finger aus dem Taschentuch, steckt ihn in den Mund und legt den Kopf schief. Sie versucht, sich das vorzustellen. Das Nichts. Vielleicht ist es so ähnlich, wie wenn sie im Bus den Kopf einzieht. Der Schulbus hat dreißig leere Plätze und fährt nur noch wegen ihr bis nach Harrachov. Vor vier Jahren hat Martin Abitur gemacht, und jetzt fährt sie die Strecke zur Schule und zurück allein. Sie setzt sich immer ganz nach hinten und zieht den Kopf ein, damit es aussieht wie eine Betriebsfahrt. Dann ist im Bus niemand mehr, auch von ihr ist nichts mehr zu sehen. Aber sie ist ja trotzdem noch da, und solange sie noch da ist, ist es nicht das Nichts, was im Bus ist, auch wenn es so aussieht. Und wenn es Glück sein soll, dann besteht es bestimmt nicht darin, jeden Tag in so einem Bus zu fahren. Es muß etwas Schwierigeres sein, und sie muß endlich herausfinden, was. Sie tippt nach Rio:

»Wißt ihr, was das Nichts ist?«

»Das Nichts? – Schätzchen, du stellst vielleicht Fragen. Bist du grad' auf einem kleinen Selbsterfahrungstrip, pseudobuddhistische Tantrakurse und zur Erbauung Sternzeichenraten? – Hör auf, sie ist zwölf! Also, Mohikaner, das Nichts ist ganz einfach – es ist einfach ... – nichts. Also sagen wir mal: Rio. Wenn du den Laptop ausschaltest, dann ist Rio nichts. Sobald du aufhörst, mit mir zu sprechen, bin ich nichts. Zum Beispiel. Aber es ist nur vorübergehend nichts und nur für dich. Das darfst du nicht vergessen. Denn es haben nie alle gleichzeitig ihren Laptop ausgeschaltet. – Aber du wolltest doch deine Geschichte weitererzählen.«

»Es ist keine Geschichte. Es ist wahr!« tippt Adina. »Ich saß hinter ihnen im Auto, und sie haben geredet, und die eine, die mit dem Schneeloch, war dann plötzlich ganz komisch.«

Adina erinnert sich genau an das schiefe Lächeln, und sie hätte dieses Lächeln gern mit dem Daumen glattgestrichen.

Und nach einer Weile in diesem Glück, hab ich gedacht, welcome to the east. Jetzt sei nicht beleidigt, Evy. Das paßt doch: Gesteigertes Glücksempfinden bei sinkender Überlebenschance.

Glück ist nicht schwarz, Vera, hatte die Frau mit den blonden Haaren nur darauf geantwortet und dann leiser, und Adina war ganz weit vorgerutscht, bis sie fast mit dem Kopf an den Fahrersitz stieß: *Mach das nie wieder.*

Sie erinnert sich auch an das Licht in den Augen. Und wie sie sich aneinanderschmiegten beim Aussteigen, als sie dachten, Adina wäre noch mit dem Gurt beschäftigt. Sie standen ganz dicht, so daß sie sich von den Oberschenkeln bis zu den Schultern berührten und kein Raum mehr zwischen ihnen blieb.

Es fühlte sich an, als wäre sie mit darin eingeschlossen. Als könnte es ewig so sein.

»Was wollten sie denn nun von dir?«

»Sie wollten wissen, wo es hier eine Sauna gibt. Aber das ist doch egal.«

»Und was hast du gemacht?«

»Ich habe ihnen alle gezeigt. Es gibt doch nicht nur eine!«

Der Weg zu ihrer Pension führt an der Hauptstraße entlang durch den Ort durch. Dann zieht er sich noch ein Stück den Berg hoch, und hinter der Biegung liegt das Haus. Adina kennt jeden Schritt dorthin auswendig.

Wenn sie jetzt noch mal losgehen würde, bräuchte sie kaum länger als eine halbe Stunde.

Sie steht auf und geht hinaus in den Flur, wo die Wanduhr hängt. Es ist zehn. Vielleicht sind sie noch beim Abendbrot und haben die Terrassentür offenstehen, damit frische Luft hereinkommt, und man könnte hören, wie sie sich unterhalten.

Auf dem Laptop steht ein neuer Absatz in roter Schrift.

»Aber Mohikaner, wozu zeigst du den Leuten denn alle, wenn sie nur eine brauchen?«

»Na ist doch klar! Weil ich länger bei euch sein wollte –«

»Paß mal auf, Schätzchen, ich fahre kein blaues Auto. Nicht allein und nicht zu zweit. Das weißt du doch. Und ich werde niemals bei dir vorbeikommen. Wozu haben wir schließlich Rio?«

Adina hat plötzlich das Gefühl, die Spice Girls verstünden genausowenig wie der alte Mann unten an der Benzinpumpe. Sie verstehen nichts von dem, was sie denkt. Sie verstehen nicht, daß eine Umarmung nie vollständig ist, wenn man nur von einem umarmt wird. Daß man dann nie darin versinken kann. Daß immer etwas offen bleibt. Daß man dann auch niemals Adina und Mohikaner gleichzeitig sein kann. Die Spice Girls verstehen nicht, daß Rio noch da ist, auch wenn sie den Laptop längst ausgeschaltet hat. Daß sie morgens gemeinsam mit ihnen im Bus zur Schule fährt und von ihrem Taschengeld alles immer dreimal kauft. Drei Bleistifte, drei Paar Strümpfe für den Winter und für jeden ein Eis.

»Ich mach jetzt Schluß«, erklärt sie Rio.

»Cool. Das war eine coole Geschichte. Mach keine Dummheiten, ja? Und laß bald wieder was von dir hören. Gute Nacht, kleiner Mohikaner.«

Zöglinge des Techno

Das Auto, das vor uns steht, wummert.

Ein frisierter Chevrolet. Vielleicht auch ein Daihatsu. Oder doch ein Chevrolet.

Durch die Heckscheibe sieht man, wie eine Hand einen aalglatten Schädel streichelt, schlecht oder gar nicht rasiert, oder vielleicht ist der Fahrer schon älter. Die Hand jedenfalls ist jung.

Wir stehen im Stau am Ortsausgang.

Der Schnee hat die Kreuzung versperrt, und im Chevrolet vor uns läuft Techno. Der aalglatte Schädel rockt mit dem Wummern der Karosserie, als wollte er sich an keine andere Bewegung mehr erinnern. Oder er kann nicht. Der Grund: vielleicht Alzheimer. Die junge Hand ist eine Raverhand, die sich am Rocken des Alten ergötzt, an der Leblosigkeit in den Augen, in denen nur der Baß aus der Anlage zittert.

Ich schalte am Radio. Es gibt diesen Sender auf keinem Kanal. Nur eine Auswahl tschechischer Folklore.

Sind die hier fürs Showbiz zuständig? sag ich. Meine Freundin zuckt nur die Schultern und schaltet.

Der Chevy fährt keine zwanzig, er hat keine Ski auf dem Dach, auf dem Rücksitz nur Blechdosen und Futter für zwei, der Junge ißt doppelt. Er hat keine Winterbereifung und keine Schneeketten und einen Elchtest auch nie bestanden. Gut vorstellbar, wie er sich in der ersten Kurve überschlägt. Dann laufen nur die Boxen weiter.

Wir rücken im Schrittempo vor. Die Hand hängt jetzt aus dem Fenster.

Am Straßenrand beginnt es zu tauen.

Der Rest wird vom Auspuff des MB 1000 zerfressen. Der Wagen ist vorsintflutlich, aber hellblau lackiert, und die Fensterheber sind automatisch; von Papi extra eingebaut. Das ist ein Škoda, hat meine Freundin gekränkt korrigiert, und immerhin besser, als gar kein Auto! Seither sag ich für sie besonders betont: EMMBEE-TAUSEND.

Meine Freundin tippt mit den Fingern ihre eigene Musik auf das Lenkrad. Aber der Baß aus dem Chevy sprengt sie, bevor ich sie hören kann.

Es sind die letzten vierzig Minuten mit ihr. Wir kennen ein Café in Tanvald, nicht weit vom Bahnhof entfernt, wo man sich beim Abschiednehmen noch hört. Dann fährt mein Zug Richtung Prag, und sie knattert zurück in die Lausitz. Bis Dresden hätte ich noch mitfahren können, dann rüber nach Mainz, aber ich war nie in Prag. Guck dir die Stadt endlich an, sagt die Kulturwissenschaft an der Uni, wenn du dir schon mal den Streß machst –

Der Chevrolet vor uns klaut uns die Zeit im Café. Er gehört hier nicht her. Sein Nummernschild trägt noch die Spuren der Love-Parade vom letzten Jahr, das Dach voller offener Tänzer, die E-Kekse knacken, von denen sich die Pupillen weiten. Aber das nützt ihnen hinterher nichts, wenn sie Rotz und Wasser aus sich herauskotzen. Der Alte ist mit Recht um seinen Schädel besorgt. Wenn er kaut, bewegen sich die Buckel am Hinterkopf. Man kann sie deutlich in der Heckscheibe sehen.

Zum Glück scheint heut nicht die Sonne.

Stell dir vor, sag ich, zwanzig von solchen vor uns.

Das wird schon, sagt sie. Meine Freundin mit ihrer Geduld, die Hand auf dem Knüppel, dann auf meinem Bein, und ich möchte jetzt gern zum ersten Mal und ohne weiteres Rock tragen.

Zwanzig von solchen, eine Love-Parade vor uns, und das Café ist gestrichen.

Wir kennen jeden vor uns und hinter uns im Stau, nette Leute, eine Woche hält man das durch. Wir haben sie auf der Piste gegrüßt und am Lift, wir haben uns in den Restaurants, den Bars und den Saunen vor ihnen geoutet, und jetzt möchte ich die letzten Minuten mit meiner Freundin im Café in Tanvald allein sein.

Es sollte jeder dahin gehören, wohin er gehört, sag ich. Der Schädel hat keinen Berg jemals von oben gesehen, aber das sag ich nicht. Meine Freundin nickt, aber ich weiß, sie stimmt mir nicht zu. Sie muß sich auf den Chevy konzentrieren, der wummert im Takt wie ein Irrer.

Wir passieren das Ortsausgangsschild und müssen kurz danach wieder bremsen.

Wenn die Hand so alt sein wird wie der Schädel, wird es eine Bankangestelltenhand sein. Der Chevy geht dann als Schrott mit nach Polen.

Meine Freundin gehört in den MB 1000. Ohne sie wäre

auch Skifahren ein Technovergnügen, schlecht oder gar nicht kaschiert, Nacktfahrer überschwemmen die Pisten. Sogar hier fährt man jetzt schon nachts und im Stroboskoplicht aus Scheinwerfern Ski.

Der MB 1000 gehört in die Landschaft, mit seiner Dreckkruste am Spoiler und als einziger ohne Kat.

Aber ich will noch was mit dir trinken, sag ich, schon wieder nörgelnd wegen ihrer Geduld, und ich wollte es mir gerade erst abgewöhnen. Also starre ich auf das Armaturenbrett, das weder Zeit- noch Datumsanzeige hat.

Ich hätte den Chevy längst überholt.

Paß auf, wenn wir erst mal vorn an der Kreuzung sind, wird es gleich besser, sagt sie wie einem Kind, weil sie weiß, daß sie das Kindische in mir leichter herumkriegt.

Ich zersteche dem Chevy im Geist seine Reifen.

Das Café ist unser letzter gemeinsamer Ort. Ein Paradies, je länger wir im Stau stehen, mit braunen Übergardinen und verklemmter Bedienung, die Tischdecken noch VEB-Import. Hab ich alles gelernt, EVP, VEB, FDGB; auch das fällt jetzt dem Techno zum Opfer. Im Café ist es still. Ich höre das Rascheln, mit dem sie sich hinsetzt, und das Rascheln, wenn sie wieder aufsteht und mich küßt.

Wir sind zirka zwei weitere Meter gerollt. Es bleiben noch siebenunddreißig Minuten, bis mein Zug fährt. Für die Strecke braucht man normalerweise nur zehn.

Erzähl doch was, sagt meine Freundin.

Der Schnee am Straßenrand sieht von der Farbe her aus wie Muttermilch. Russische Muttermilch riecht nach Knoblauch, sagen die Alten hier, und ist in der Regel dickflüssig. Aber das interessiert nur noch kulturwissenschaftliche Freunde.

Was soll ich denn erzählen, sag ich.

Was du zum Beispiel als erstes machst, wenn du nach Hause kommst.

Einen Espresso. Lavazza. Echt italienisch, mit Schaumkrone obendrauf. Und dann ruf ich dich an. Oder andersherum.

Wir hätten sie uns gar nicht schöner machen können, findest du nicht? Diese Woche? Meine Freundin will mir die Hand in den Nacken legen. Sie landet auf meinem Bauch, weil die Schlange vor uns wieder anruckt.

Nur viel zu kurz, sagt sie. Warum verreist man im Winter immer nur eine Woche?

Weil man drei Wochen für die Rückfahrt braucht.

Im Café wirken solche Ansprachen ganz anders, man schenkt sich die Augen dabei und kann den Wimpernschlag hören. Aber das Café hat der Techno geschluckt, so wie die Pisten und wie die gesamte Landschaft hier auch.

Der Chevy stellt den Motor ab. Das Wummern wird lauter.

Ich schütte jetzt Sand in den Tank.

Der Raver hat im Sitzen zu tanzen begonnen, damit lockt er den Alten, der den Fuß auf dem Gas vergißt und die Schuld am Stau trägt, wie alle Parties rund um die Welt, die das Auto zur Musikboxikone gemacht haben.

Die anderen vor uns und dem Chevy sind schon zehn Meter weiter. Zehn Meter sind umgerechnet sechs Komma sechs irgendwas mit Periode Minuten, wenn man pro Minute anderthalb Meter fährt.

Müssen die Leute sich eigentlich dauernd prostituieren, sag ich und erwarte keine Antwort.

Wir können nichts tun mit dem Verkehr von vorn in der Kurve. Die Hupe im MB 1000 ist hoffnungslos eingerostet.

Der Chevrolet tanzt. Und der Schädel wird gleich ganz aus dem Häuschen geraten.

Ich lasse die Batterie auslaufen, schneide die Kontakte durch, breche die Achsen, zersäge die Lenkstange und baue die Zündung aus.

Der Schädel steht im Raverwasser, in dem unsere Felle davonschwimmen.

Meine Freundin kaut eine Möhre.

Ich steige aus.

Bleib hier, was soll das, sagt sie durchs offene Fenster, aber nicht nachhaltig genug oder nur zum Beweis, daß die Fensterheber tatsächlich funktionieren.

Ich überschlage die Versicherungssumme, die Kosten für Krankenhaus und Karosserieschaden; etwas überrascht einen immer, und bin jetzt ganz froh, niemals Rock zu tragen.

Die Fahrertür gibt problemlos nach.

Vor uns steckt einer den Kopf aus dem Fenster und sieht uns zu wie beim Smalltalk, als könnte er nicht glauben, was hier gleich passiert, am hellichten Tag und mitten im Stau. Vor aller Augen und hypothetisch. Im Auto hinter meiner Freundin gähnt es. Jemand grüßt frohgemut bayerisch und wünscht uns eine schöne Fahrt.

Nur gegenüber hält ein Mann von der Post, dem die Hände am Lenkrad zittern, dabei ist die Gegenfahrbahn ganz frei.

Er hält wegen mir, aber ich bin längst noch nicht fertig. Ich reiße die Autotür sperrangelweit auf. Die Lautstärke springt an mir hoch wie ein Köter. Der Schädel glänzt vor Adrenalin und ist auf der Stirn geschminkt. Die Narbe ist deutlich. Ein armer Schädel. Der Rave hat ihn so weit getrieben, wie sonst nur die Eifersucht einen Lover.

Hör mal, du, das alles, wenn ich, sag dir, noch einmal, glaubst wohl, spinnst du eigentlich?

Das Stottern im Ernstfall sollte man sich lieber frühzeitig abgewöhnen. Aber gegen den Techno ist jede Stimmlage nur ein Flüstern.

Vielleicht sind sie längst unsensibel gegenüber menschlichem Ton.

Meine Freundin beobachtet mich. Ich reiß mich zusammen.

Der Junge kann sprechen. Er stellt die Anlage runter. Er reicht mir die Hand, und so, wie er grinst, muß es aussehen, als gehörte ich zu ihm.

Sein Handschlag ist lau, das Gewebe geschwächt von den Ecstasyreisen. Was er sagt, klingt sehr tschechisch. Ich verstehe kein Wort.

Er langt mit dem Arm auf die hinteren Sitze. Sein Rücken ist blaß und so unwahrscheinlich zart wie die Klamotten bei H&M. Er schiebt die Schallplattendosen zusammen. Der Schädel neben ihm rührt sich nicht. Als der Junge sich nach hinten lehnt, neigt er sich ein wenig zur Seite. Der Junge grinst wieder.

Er rutscht in seinen Sitz zurück und sieht mich an. Breit. Dann faßt er den Schädel mit seinen Fingern im Nacken, wie ein Schaufelbagger Sand, und klatscht ihm mit der anderen Hand auf den Hinterkopf. Der Schädel zittert leise, die Augen klappern.

Während ich noch dastehe und die Sonne rauskommt, zieht der Junge mir blitzschnell die Tür weg und drückt die Sicherung von innen herunter. Der Schädel rutscht gegen das Fenster. Und plötzlich seh ich die Röhren. Ein Gestell unter dürftig darübergehängten Jeans. Zwei Arme, zwei Beine aus Röhren, elastisch verformbar, und wenn man die Boxen aufdreht, dann wippt's. Der Schädel ist eine Schaufensterpuppe. Altmodisch und *made* möglicherweise *in China.*

Meine Freundin hält mir die Tür auf und lockert die Handbremse. Sie nimmt mich im Schrittempo auf.

Der Chevy vor uns springt wieder an, mit wummernden Bässen rast er davon und bremst wenige Meter weiter erneut.

Immerhin fährt der Typ jetzt, sag ich.

Der Stau nimmt kein Ende. Der Motor des MB 1000 läuft heiß, und meine Freundin stellt die Heizung auf volle Touren.

Stimmt. Jetzt fährt er, sagt sie.

Ich stell mir vor, der Postbeamte hätte eingegriffen mit seiner ID-Card oder einem staatlich versiegelten Schreiben. Im Namen des tschechischen Volkes, gegen Ruhestörung und Ethosverletzung der Ureinwohner.

Vielleicht schläfst du besser ein bißchen, während ich fahre, Baby, sagt sie.

Als wir vierzig Minuten zu spät die Kreuzung passieren, dreht der Chevy voll auf, und sie strahlt mich an, als wäre das meine Leistung.

Je näher wir der Grenze kommen, desto unwahrschein-
licher wird es, was wir für Schnee hatten, sagt sie ganz un-
betont und schaltet, findest du nicht?

Ich gestehe mir die Niederlage ein.

Wir fahren im dritten. In den Kurven nimmt sie den Fuß
vom Pedal.

Am Ende ist auf dem Bahnhof kein Mensch. Hier ist immer noch Osten, die Schienen nach alter Sitte verschränkt,
auf denen nur nachts und der Form halber ein paar Güter-
züge entgleisen. Ihr Gesicht lehnt an meiner Schulter. Sie
wischt eine Träne ab.

Komm, sag ich, sei nicht traurig. Ich leg ihr die Hand an
die Schläfe. Dann küßt sie mich lange zurück, und ich sag
ihr noch einmal dasselbe.

Im Sommer, da bin ich ein *Dyke on Bike* und hol dich
mit meinem Motorrad.

Zuleila singt

»Hast du alles? Den Stock? Und wenn das Mikro tot ist, denk dran, der Knopf ist unten am Mikrofonkopf!«

»Ich weiß, wie man ein Mikrofon einschaltet, Martin.«

»Klar. Nur für den Fall, du solltest es zwischendurch vergessen.«

»Ich mach das zum vierten Mal.« Raik fegt mit der flachen Hand den Hut ab, der von der langen Fahrt immer noch zerknittert aussieht, und stülpt ihn auf. Die Krempe verdeckt seine Augen, und im Spiegel sieht er aus wie zu eilig gestaltet. Wenn er so etwas im Schaufenster bei Martin sehen würde, würde es ihn kränken. Aber der Hut ist nur für die Bühne gedacht, und die Bühne liegt oberhalb von den Leuten. Sie ist so weit entfernt, daß es schon einen Fotoapparat mit Zoom bräuchte, wollte man die Knicke an seinem Hutrand erkennen. Er allerdings kann die Leute von dort oben und aus sicherer Entfernung gut überblicken.

Er legt zwei Finger an die Krempe und salutiert. Die Krempe wippt. Es gefällt den Leuten, wenn er wild aussieht.

»Auf ins Tal, Herr General von Rübezahl«, macht Martin. »An die Kanonen, meine Herren! Zeigen wir's den Sonntagsfahrern.«

»Hast du Pavel Bescheid gesagt?«

»Jawohl. Zweimal Glühwein mit. Er räumt noch die Bar auf. Aber er bringt sie gleich, wenn du deine Rede gehalten hast.«

»Ist sonst noch jemand da, den ich kenne?« Raik fährt mit der Hand nacheinander in beide Filzstiefel, um die Einlagen glattzuziehen.

»Na, die Leute vom Sicherungsdienst –«

»Die sollen bloß nicht wieder so einen Terz machen.« Er faßt den rechten Stiefel mit beiden Händen am Schaft, zieht ihn über den Fuß hoch und macht das gleiche mit dem anderen Fuß. Die Stiefel sind eiskalt, und ihm fällt ein, daß er wieder mal vergessen hat, sie an die Heizung zu stellen.

»Das war im letzten Jahr doch nur wegen dem Bürgerprotest.«

»Und? Gibt es in diesem Jahr etwa nichts mehr, wogegen man protestieren könnte?« Er stellt ein Bein auf den Stuhl neben der Kasse und winkelt einen Arm darauf an. »Arbeitslosigkeit, EU-Beitrittsversuch, das Wetter?«

»Nicht. Frisch bezogen!« Martin schiebt ihm das Bein vom Stuhl. »Können wir?«

»Simona«, sagt Martin draußen, wo der Himmel klar blau ist. »Sie wartet wie immer am Parkplatzhäuschen. – Die Frau hat jetzt echt Schwierigkeiten.«

Die Sonne liegt auf den Dächern gegenüber. Das hat es dieses Jahr im Februar noch nicht gegeben. Der einzige sonnige Tag in diesem Jahr, an den Raik sich erinnern kann, lag im Januar, als er auf der Ladeklappe eines LKWs Puppen unter der Plane umgelagert hat und es draußen schon wieder dunkel wurde, als er endlich fertig war.

»Hauptsache, sie ist pünktlich an der Raftingstrecke. Was schätzt du, wieviel so ein Schlauchboot auf Schnee bringt?« Er hält das Gesicht in die Sonne und atmet tief. Es riecht nach Wald und Motoröl. Er hat das Gefühl, die Welt heute zum ersten Mal bei Tageslicht zu sehen. Aber die Luft ist kalt, und er ist froh, daß er an die Wattejacke unter dem Umhang gedacht hat.

»Kommt auf das Gefälle an«, sagt Martin. »Ihr geliebter Herr Gemahl ist überraschend aufgetaucht.«

»Wer?«

»Simonas Mann. Ivan. Pavel hat's mir gestern erzählt. Ist einfach ins Hotel reinmarschiert.«

»Ich denk, der hat Panik vor den Behörden.«

»Hat er auch. Aber die Sehnsucht war größer.«

»Der soll mal ordentlich Panik schieben. Ich meine, seine eigene Frau! Da hätte sie ja auch gleich 'ne Wanze heiraten können. Kein Wunder, daß sie von dem nichts mehr wissen wollte.«

»Hat das Hotel aber wieder gut in Schuß gebracht. Dagegen kann man nichts sagen. Auch wenn er es dann zu einem Spottpreis verkaufen mußte –«

»Fang bloß nicht an, mir was von Rehabilitation zu erzählen! Du kennst doch meine Meinung zu Spitzeln.«

»Aus rein wirtschaftlichen Gesichtspunkten –« Martin läßt ein Holzstückchen ein paarmal von seiner Handfläche hochspringen, bevor er es als Keil zwischen Türrahmen und Riegel klemmt. »Aber man sagt, sie hat sich gerächt. Und deshalb hat sie jetzt Streß.«

»Wer?«

»Simona. Weil sie ihn bei irgendwem verpfiffen hat. Der hatte wieder irgend so 'n Ding zu laufen, kann's ja nicht lassen. Jedenfalls muß sie was mitgekriegt haben, und da hat sie ihn verpfiffen. Hat Pavel erzählt. Aber ist nur 'n Gerücht.«

Während Martin den Laden abschließt und die Gitter mit einem Knopfdruck vor den Fenstern herunterfährt, betrachtet Raik das Schaufenster. Er kennt es auswendig. Die Snowboards stellt Martin grundsätzlich in den Vordergrund.

»Hätt ich auch gemacht.«

»Was?«

»Ihn verpfiffen.«

Die Schaufenster im Gebirge sehen immer noch solider aus als die in der Stadt. Sie haben weniger Stil, aber die Leute vertrauen ihnen. In den Städten sind dieselben Schaufenster, die vor einiger Zeit noch mit Hunderten von ein und derselben Turnhose ausgestattet waren, mit einem ganzen Turnhosenstapel, leer. Heute reicht ihnen eine einzige Sporthose, mit drei Taschentüchern garniert auf sechs Quadratmetern, weil es schick ist. Weil es den Warenwert erhöht.

Aber es macht den Menschen angst, diese Läden zu betreten, denkt Raik. Es ist eine andere Angst als früher, wo nie genug da war. Jetzt halten sie die leeren Schaufenster für eine Falle, in der sie selbst ausgestellt werden sollen. Das beschleunigt angeblich ihre Kaufentscheidung und fördert den Umsatz.

Manche Läden bestellen schon keine Schaufensterpuppen mehr.

Er ist froh, daß Martin noch nicht darauf gekommen ist, seine Fenster leerzuräumen. Bei ihm stapelt sich alles durcheinander. Dabei ist Martin der einzige hier, der damals dem neuen Puppentrend nachgegeben und Puppen von ihm gekauft hat, die aus drei durchsichtigen Röhren bestehen. In den Läden entlang der Hauptstraße stehen noch die uralten Modelle, an denen jeder Finger einzeln ausgearbeitet ist. Aber Martin macht nichts aus seinen Röhrenpuppen. Obwohl sie doppelt so teuer sind. Er kleidet sie mit Baumwollhemden und Vlieswäsche ein, bis von den Röhren nichts mehr zu sehen ist.

»Wie geht es Zuleila?« fragt Martin und sieht ihn im Schaufensterglas an. Unter der schwarzen Farbe ist sein Gesichtsausdruck schwer zu deuten.

»Danke. Die braucht mehr Sonne. Ist in letzter Zeit ein bißchen vom Fleisch gefallen.«

»Na, wenn du sie auch überall mit hinschleppst, ist das ja kein Wunder.« Martin sieht aus, als würde er gleich sein Portemonnaie zücken und einen Preis machen wollen.

»Unverkäuflich«, sagt Raik und greift nach dem Rübezahlstock. Sofort rutscht er in die Haltung eines alten Mannes. Mit dem Stock fällt es ihm leicht, und wenn er sich sein Gesicht dazu vorstellt, an dem er seit heute morgen gearbeitet hat, fühlt er sich, als wäre er weit über hundert und der letzte Schaufensterpuppenboom läge ein ganzes Menschenleben zurück. Dabei sind es höchstens drei, vier Jahre.

Kaum ist er mit Martin auf die Hauptstraße eingebogen, werden sie fotografiert.

Die Leute bleiben stehen, ein Kind kreischt. Sie machen Eindruck. Raik muß sich nicht mehr an ihr gemeinsames Spiegelbild im Schaufenster erinnern, um zu wissen, wer er jetzt ist. Er hat gelernt, schleppend, aber nicht gebeugt zu gehen. Er ist eine mythische Figur, und das Alter mythischer Figuren ist nie kraftlos.

Unter den Postkarten, die es von ihnen gibt und auf denen er Martin im einen und seinen selbstgeschnitzten Stock im anderen Arm hält, erkennt er sofort die Karten, die sie vor drei Jahren gemacht haben. Damals ist ihm der Bart nicht gelungen, und er hatte Angst, daß man ihm unter sein Gesicht gucken könnte.

»Achtung! Pose«, sagt Martin neben ihm, und wieder werden sie fotografiert.

»Weißt du noch, damals, als dir die ganze Farbe runtergelaufen ist«, sagt er zu Martin. »Gut, daß sie das nicht fotografiert haben.«

»Alles in Ordnung mit dir?« Er fühlt Martins Hand in seiner, nickt und wischt sie dann an seinem Umhang ab, weil man sich von jeder Berührung mit Martin schwarze Finger holt. Er ist jedes Jahr erstaunt, wie Martin das aushält; halbnackt bei der Kälte. Außer dem Bastrock trägt er nichts als eine dünne Farbschicht. Aber man kann sich an alles gewöhnen und vielleicht auch an das.

Von der Festwiese dröhnt Musik herüber. Als sie näher kommen, wird die Traube der Kinder enger, in einem Halbkreis werden sie umstellt, und jedes Kind will einmal anfassen. Sie versuchen, sich der Griffe zu erwehren, damit die Kostüme nicht ruiniert sind, bevor die Zeremonie überhaupt begonnen hat.

»Ich hab's gewußt«, sagt Martin, als sie die verschneite Festwiese erreichen. Sie bleiben am Rand der Wiese stehen, die sich über den gesamten Übungshang erstreckt, vor sich das Parkplatzhäuschen, an dem Simona immer auf sie gewartet hat. Martin streckt seinen Arm mit dem Dreizack aus. Die Zacken wippen. Jedes Jahr hat Simona pünktlich in ihren viel zu langen Röcken und mit einer riesigen Schere hier gestanden, um bei ihrem Einzug durch die Menge dicht hinter ihnen zu sein. »Ich habe das dumme Gefühl, du mußt dir was überlegen«, sagt Martin.

Simona ist nicht da.

»Was soll ich mir denn da überlegen?«

Wenn Raik die Augen zusammenkneift, verschwimmen das Parkplatzhäuschen und die Menschen auf der Wiese dahinter, als würde er sich immer weiter von ihnen weg zoomen, und das einzig noch existente auf der Welt ist der Dreizack in der Verlängerung von Martins Arm.

»Vielleicht kommt sie ja noch.«

»Wir sind schon zehn Minuten zu spät!«

Martin stellt den Dreizack wieder neben sich auf die Erde und entgegnet nichts. Die Menschen auf der Wiese vor ihnen wollen Rübezahl sehen, den Gutmenschen aus dem Wald, und wie er ihnen den Schwarzen Mann austreibt und mit einer schönen Frau die Raftingstrecke eröffnet wie den Weg in den siebten Himmel. Die Mehrzahl darunter sind Einheimische, die die Gelegenheit des Touristenschauspiels zu einem Volksfest nutzen. Raik ist sicher, daß er die meisten von ihnen kennt.

»Und was jetzt?«

»Ich weiß nicht –«

»Ja, soll ich mir jetzt hier eine aussuchen oder was: Hören Sie mal, ich bräuchte da jemanden, der mir beim Zerschneiden die Schnur hält und die Nationalhymne mit mir intoniert? – Ich denk, das ist alles abgesprochen!«

»Nicht nervös werden, General.« Martin läßt den Stab in der halbgeöffneten Hand zwischen Daumen und Mittelfinger hin- und herpendeln.

»Das kann ja wohl nicht wahr sein. Kann sie denn nicht jemand *holen*?«

»Mensch, reiß dich mal zusammen. Meinst du, sie kommt nicht, weil sie keine Lust hat?« Der Stab mit dem Dreizack pendelt. »Ich habe doch gesagt, sie hat Schwierigkeiten.«

Wieder werden sie fotografiert, die Menschen beginnen herüberzusehen. Die Ordner warten.

»Wir müssen uns was überlegen«, sagt Martin. »Wir müssen uns was überlegen.«

Es werden immer mehr Menschen. Raik prüft, ob sein Bart noch da ist.

Martin sieht sich um, wischt sich über den Nacken, läßt die Hand dann im Nacken liegen und sieht seine Füße an. »Geh einfach ohne Frau«, sagt er zu seinen Füßen.

»Ohne Frau? Ich soll da ohne Frau hingehen? Wo die Frau zum Dreigespann dazugehört? Alle warten darauf, und *ich* soll ihre Erwartung enttäuschen? Ausgerechnet ich. Da hast du dir wohl den Falschen ausgesucht!«

Der Bart klebt zwischen den Fingern, Fussel geraten ihm in den Mund.

Die Strecke bis zur Bühne würde ein einziges Spieß-rutenlaufen sein. Wie vor drei Jahren, als er vergaß, wie lange er morgens an seinem Gesicht gearbeitet hatte, und dachte, sie starrten ihn alle an. Sie starrten ihn an, weil sie in ihm den Schaufensterpuppenhändler erkannten, in den sie ihre Hoffnungen gesetzt hatten. Das Glückskind aus den eigenen Reihen, das der Welt zeigt, was eine Harke ist. Das am Aufschwung mitarbeitet, deutsche Bücher über Unternehmensgründung liest und amerikanische Sender hört. Dabei warteten in Liberec zwei LKW-Ladungen voll Röhrenpuppen auf ihn. Er hatte sie in der Annahme ge-kauft, der Boom würde sich auch in die Gebirgsregionen ausdehnen, und dann machten die Läden im Gebirge den Trend nicht mit. Weder im Riesengebirge noch im Adlerge-birge, weder im Eulengebirge noch im Glatzer. Überall be-harrten die Geschäfte auf den alten Modellen mit penibel gearbeiteten Gesichtern und zusammensteckbaren Glied-maßen aus Kunststoff.

Raik fischt ein Barthaar von der Unterlippe, dreht es um Daumen und Zeigefinger und schnipst es dann weg.

Amerikanische Titel hört er immer noch. Aber nur im Auto und nur die härteren Sachen, und er stellt die Anlage sehr laut.

»Zuleila«, sagt Martin.

»Was?«

»Du machst das mit Zuleila.« Martin sieht ihm mit sei-nen schwarz umrandeten Augen direkt ins Gesicht. Die Augen wirken in der Sonne, als wären sie blau. Dabei sind sie von einem schimmernden Schleichgrün, von dem einem schlecht werden kann.

»Das ist ja wohl nicht dein Ernst.«

»Nein. – Du kannst natürlich auch eine von den Kellnerinnen oder Verkäuferinnen nehmen. Vielleicht erkennt sie dich nicht. Oder Adina, deine Angebetete, die dir wahrscheinlich einen Vogel zeigen wird! – Fakt ist doch, wir brauchen eine Frau, und so, wie du Zuleila heute morgen gekleidet hast, ist sie eine Frau. Oder etwa nicht?«

»Hast du noch mehr deiner grandiosen Vorschläge im Kopf, von denen ich nichts weiß?«

»Ja.« – Martin legt ihm einen Arm um die Schultern, aber wegen der Farbe stoppt er den Arm wenige Millimeter über der Schulter ab und hält ihn in der Schwebe.

»Die Eröffnung der Raftingstrecke mit Zuleila wäre eine Wahnsinnswerbekampagne für dich. Das fällt mir dazu ohne weiteres noch ein. Denn für wen machen wir das hier schließlich! Doch nicht für eine Handvoll Touristen, die sowieso kein Wort verstehen, oder?«

»Na großartig.«

»Ich sag's dir, die Leute werden noch in zehn Jahren davon sprechen. *Zuleila singt*, werden sie sagen und es für das Aufbruchszeichen halten, auf das sie alle so sehnsüchtig warten. Sie werden dir alles verzeihen.« Martin hat eine näselnde Stimme, wenn er so nah am Ohr spricht.

Raik wischt den Arm weg.

»Hast du Zuleila schon jemals singen hören?«

»Singen kannst du auch alleine. Man hört das, was man hören will, das kennst du ja.«

»Ich mach das nicht.«

»Kommkommkomm, Junge.« Martin zwingt ihm seine schwarze Hand um den Oberarm, diesmal fest. »Du hast noch ein paar Schulden bei mir, wenn du dich erinnerst. Und die Reisebüros legen gutes Geld dafür hin, daß wir das hier durchziehen. Du bist Krakonoš, vergiß das nicht. Wir gehen da jetzt rüber, du hältst deine Rede, und inzwischen hat Oleg sie aus dem Auto geholt, und es kann losgehen. Also. Auf ins Tal, General!«

Martin gibt den Ordnern ein Zeichen, und die Ordner beginnen, eine Spur durch die Menge zu graben, gerade breit genug, daß ein Mensch hindurchpaßt.

»Und du weißt ja: unten am Mikrofonkopf.« Martin verschwindet mit seinem schwarzen Körper, dem die Kälte nichts anhat, hinter dem Parkplatzhäuschen.

»Kann losgehen.« Ein Ordner winkt Raik herüber, und er folgt ihm die Schneise entlang durch die Menge, in der alle zehn Meter ein neuer Ordner postiert ist, alle mit dem Rücken zu ihm. Aber es ist, als würde die Menge die Blicke der Ordner hundertfach spiegeln und zurückgeben, als ginge er ein vollgestelltes Schaufenster entlang, vor dem sich ein paar Ordnungshüter gelangweilt die Auslagen ansehen. Die Entfernung zwischen ihm und diesen Menschen ist so nachdrücklich und erschreckend wie eine Glasscheibe, die man nicht erwartet hat.

Auf der Bühne scheint ihm die Sonne direkt in die Augen, und er spricht seine Rede blind und ohne sich zuzuhören. Er denkt an Zuleila und überlegt, auf welcher Seite sie steht; vor oder hinter dem Schaufenster, und dann überlegt er dasselbe für sich und findet auch darauf keine passende Antwort. Er kann über sie alle da unten hinwegsehen, und doch wäre es ihm lieber, wenn er auch nur einen von ihnen deutlich wahrnehmen würde, wenn er ein einzelnes Gesicht fände, das zu ihm zurückschaute. Eines, in dem er sich erkennt, in dem er das wiederfindet, was er vor mehr als drei Jahren verlassen hat. Er sieht bunte Mützen und vom Eis starre Haare und dazwischen vereinzelt die Stirnbänder und albernen Ohrenklappen der Touristen. Touristen, die hier die geringste Rolle spielen, auch wenn es auf den ersten Blick anders aussieht. Sie sind zwar der Motor, der das Getriebe in Gang hält, aber letztendlich entscheidet der Motor nicht über die Richtung, in die es geht. Auch das hat er früher nicht begriffen. Statt dessen hat er die Geduld seiner Nachbarn und ihre Halsstarrigkeit, mit der sie den Reiseveranstaltern wieder und wieder spottbillige Angebote machten, zu geringgeschätzt.

Er überlegt, was er Zuleila heute morgen angezogen hat. Flanellbluse und Bluejeans. Vielleicht das rote Tuch um den Kopf, um den Werksfehler in der Stirn zu verdecken. Er wird sie fest an seinen Körper halten und einhändig schneiden müssen, damit, wenn er Glück hat, die hinteren Reihen von dem Betrug nichts bemerken.

Er schaltet das Mikrofon aus, als er Martins schwarzen Körper die Schneise entlangkommen sieht. Hinter ihm geht Oleg mit Zuleila im Arm. Sie hat eine stolze Haltung eingenommen. Eine Röhre liegt auf Olegs Rücken, eine auf seiner Schulter. Es sieht aus, als trüge er ein Kreuz.

Raik fingert am Mikrofonknopf, während sie unten näher kommen. Er denkt kurz an Simona und ist plötzlich sicher, daß sie auf jeden Fall noch auftauchen wird, egal wann.

Er schaltet das Mikrofon wieder ein.

»Meine Damen und Herren, hallo Wintersportler, liebe

Kinder, noch einmal: Ich, Krakonoš«, sagt er und macht eine Pause, weil er nicht weiß, wie es weitergeht, und weil es ihm vorkommt, als hätte jemand die Lautstärke aufgedreht. »Ich, Krakonoš, weiter gereist, als Menschen sich jemals vorstellen können –« Er sieht, wie Martin stehengeblieben ist, unsicher darüber, was er jetzt zu erwarten hat.

»Ich, Krakonoš, Hoffnungsträger und Gnom, von euch einst als Schönwetterbote angerufen, wo schönes Wetter heute nur für viel Geld zu haben ist, für wahnsinnig viel Geld – bin nun zurückgekehrt, im Schlepptau die Sonne«, Schlepptau ist nicht so gut, denkt er, »im Rucksack die Sonne –«

Er räuspert sich: »– die Sonne, und im Glauben, ihr werdet mir verzeihen, daß es nicht mehr geworden ist. Kein Goldregen, keine Autoverlosung, und wenn es schneit, werden es weiterhin neunzig Prozent Luft sein, die runterkommen, nicht wahr, Oleg, auch wenn es in den Hochglanzmagazinen der Reisebüros aussieht wie Diamanten und die Wetterberichte manchmal klingen, als wären sie Vorboten vom Paradies.

Ich, Krakonoš, kann die Traurigkeit nicht abschaffen, die Arbeitslosigkeit nicht, die Steuerhinterziehung, Erpressungsversuche, Waldsterben, Billiglöhne, das Ozonloch, die Börse, die alten Funktionäre nicht und die Touristen auch nicht. Ich kann die Welt nicht neu machen.«

Das steht ja auch nicht im Vertrag, General, denkt Martin jetzt da unten. »– und ich kann euch den Schwarzen Mann nicht austreiben, weil er mein Gläubiger ist.«

Er tritt einen Schritt vom Mikrofon zurück.

Dann fällt ihm noch etwas ein. »Aber Zuleila singt«, sagt er. »Jawohl. Sie singt.«

Er nickt, stellt das Mikrofon aus und geht die schmale Holztreppe hinunter zur Absperrung, wo Martin und Oleg auf ihn warten.

»Ach«, sagt Oleg, »das kann sie wirklich? Singen?« Und er klingt, als hätte er eine leicht zu beantwortende Frage gestellt.

Im Winter 1998

Ich danke der *textwerkstatt* im Literaturhaus München für die Unterstützung meiner Arbeit.